अभिव्यक्ति

अभिव्यक्ति

वीरेंद्र मिनोचा

प्रलेक प्रकाशन

प्रलेक प्रकाशन
PRALEK PRAKASHAN

(An imprint of Pralek Publishing House Pvt. Ltd.)

मुख्य कार्यालय : 702, जे-50, ग्लोबल सिटी, विरार (वेस्ट), मुम्बई, महाराष्ट्र-401303
दिल्ली एनसीआर ऑफिस पता : 03/सी, ज्ञान खण्ड-4 इंदिरापुरम, गाजियाबाद, उ.प्र.-201014
E-mail: pralek.prakashan@gmail.com
Website: www.pralekprakashan.com
दूरभाष : +91 7021263557

अभिव्यक्ति
लेखक : वीरेंद्र मिनोचा
Abhivyakti
Author : Virendar Minocha

ISBN : 9789358697025

प्रथम पेपरबैक संस्करण : 2025

मुद्रक : रेप्रो इंडिया लिमिटेड
आवरण : प्रलेक स्टूडियो

नोट : प्रलेक प्रकाशन का लोगो मिक्की पटेल की तूलिका से।

अनुक्रम

1.	माँ	9
2.	आज़ाद पतंग हूँ मैं	11
3.	मन	16
4.	सच और झूठ	20
5.	ईश्वर के रंग रूप	21
6.	आखिर मैं ऐसा क्यूँ हूँ?	23
7.	'मोबाईल' और मैं	26
8.	फुर्सत के दो पल	30
9.	'अजनबी' बने 'अपने'	31
10.	दोस्त	32
11.	किस बात का गम है दोस्त	34
12.	अपने और पराये	36
13.	माँ-बाप	37
14.	चारों धाम	38
15.	तकदीर	39
16.	समझदार कौन	40
17.	माँ	41
18.	दुनियाँ बदल सी गई है	44

19. दृष्टिकोण ज़िंदगी के प्रति 45
20. ज़िन्दगी पानी का बुलबुला 46
21. खुशी और गम 48
22. मीठी यादें 49
23. अपने और बेगाने 51
24. खुशी के कई रंग 52
25. ज़िंदगी मोबाईल की मुट्ठी में 54
26. ज़िन्दगी में हर इंसान 57
27. कल तक जो गीत थे 58
28. यूँ ना मुझे रोज़ सताया करो 59
29. दृष्टिकोण 60
30. कदम-कदम बढ़ाए जा 61
31. ज़रा गौर फरमाइए जनाब 65
32. खुद को तलाशता हूँ 68
33. कदमों के निशान 71
34. छुक-छुक करती रेलगाड़ी 72
35. ज़ख्मों के निशान 77
36. बचपन की यादें 79
37. नशे में धुत्त 81
38. कुछ ना कह पाया मैं 82
39. बंद करो, ये बंद करो 84
40. अपनों की तलाश में 89
41. जीत 90

42. "अपना" कौन 91
43. ज़िंदगी ने बहुत कुछ सिखा दिया 92
44. कुदरत का कहर 95
45. शुभ हिंदी दिवस 96
46. चलने का नाम गाड़ी 98
47. आँका तो क्या आँका 102
48. कुत्ते की कहानी, अपनी ज़ुबानी 103
49. मेरी खामोशी 113
50. सरकारी डिस्पेंसरी के नज़ारे 116
51. रिटायरमैंट के खट्टे-मीठे मज़े 120
52. दिल धड़कता है 126
53. प्रकृति का परिचय 128
54. कोई तो कद्रदान मिला 132
55. उम्र भर के रिश्ते 134
56. कवि कहाँ के, हम जनाब 136
57. तेरी रहमत 138
58. मेरे जिगर का टुकड़ा 139

माँ

"माँ" तो "माँ" ही है,
माँ तो ईश्वर का तीर्थ स्थल है,
माँ मन का मन्दिर है,
माँ पूजा-अर्चना है,
माँ से बढ़कर, कोई पवित्र स्थान ना दूजा है,
उसका ना कोई मोल है,
ना कोई तोल है।
माँ तो 'तन' में छिपा 'मन' है,
माँ दिल में छिपी हुई आवाज़ है,
माँ भक्ति है, माँ शक्ति है,
माँ हर दर्द की दवा है,
माँ बच्चों की पुकार है,
माँ पानी की प्यास है,
माँ शीतल जल है,
माँ आँचल की छाया है,
माँ शिल्पकार के बनाए पत्थर में छिपा,
ईश्वरीय रूप है।
माँ एक प्यारा सा गुनगुनाता गीत है,
माँ संगीत है, माँ साज़ है,
हर दिल की चीख और पुकार है।

माँ रोते हुए शिशु से लेकर, बड़ों तक का असीम प्यार है,
माँ मन के सच्चे लोगों के,
चक्षुओं से निकली अश्रुधारा है।
माँ हर साँस में है,
माँ दिल के सकून का एहसास है,
माँ हर दिल की धड़कन है,

हम अक्सर तन्हाई में बातें करते हैं और वह आज भी, हर प्रश्न का उत्तर देती है... आखिर माँ जो ठहरी।
"माँ" तो "माँ" है,
माँ धरती से लेकर पूरा आसमान है।

आज़ाद पतंग हूँ मैं

पतंग हूँ मैं,
देश की आज़ादी का प्रतीक हूँ मैं,
बिन भेदभाव के,
सबकी चहेती हूँ मैं,
खुले आसमान में,
'झोंक' खाती, मस्त-मलंग, खुशनुमा,
मुस्कुराती और बल खाती हुई पतंग हूँ मैं।
हवा से बातें करती हुई,
'शाँय-शाँय' की ध्वनि करती,
एक अलबेली पतंग हूँ मैं।
अनेक रंगों में, रंगी हुई,
भारत की आज़ादी की,
पुरानी पहचान हूँ मैं।

डोरी के साथ, इस खुले आसमान के,
प्यार भरे हाथों में उड़ती हुई,
'स्वतन्त्रता दिवस' के अवसर पर,
तिरंगे में लिपटी हुई पतंग हूँ मैं,
बीते हुए सालों की,
यादों से सिमटी हुई,
अपने प्यारे देशवासियों के लिए,

अटल, निडर और जटिल विश्वास हूँ मैं।
सैनिकों के बलिदानों की,
बीते हुए कल की,
चीख और पुकार की गवाह हूँ मैं,
भले ही दुर्बल और पतला सा,
कागज़ का टुकड़ा ही सही मैं,
पर रीड़ मेरी बहुत मज़बूत है,
हवा में उड़ती हुई वीर जवानों की भाँति,
शत्रुओं से लड़ने की ताकत रखती हूँ मैं।
हवाई जहाज़ों में जवानों जैसा धैर्य,
जज़्बा और करतब दिखाती हूँ मैं।
उस निर्दोष जनता के साथ किए गए
ज़ुल्म और अत्याचारों की कांपती हुई रूह की, गवाह हूँ मैं,
बेज़ुबानों की ज़ुबान और दिलों की धड़कन हूँ मैं।
उन मासूमों की छिन्न-भिन्न ज़िंदगी की जीती जागती,
पहचान व चिन्ह हूँ मैं।
भले ही, उस विशाल गगन में, तिरंगे रंग में, लहराती हुई 'नन्ही'
सी जान हूँ मैं,
पर शान्ति का दूत बनकर, अपनी डोर के सहारे,
एकता का सन्देश दूर-दूर तक फैलाने की एकमात्र सूत्रधार हूँ मैं।
अपने प्यारे देश और देशवासियों की,
आन, बान और शान हूँ मैं।

कहीं, शिशुओं और जवान बच्चों के लिए,
एक अद्‌भुत खेल हूँ मैं,
तो कहीं बड़े-बूढ़ों के लिए,
एक बीती हुई भयानक ज़िंदगी का काला सच हूँ मैं।

यूँ तो देश, विदेश में मुझे लोग, धरती से खुले आकाश की ओर,
एक मज़बूत धागे के सहारे उड़ान भरवाते हैं,
नए-नए सपने दिखाते हैं,
ऊँचाइयों पर ले जाते हैं,
तो कभी मुझे नीचे झुकाकर, उलट-पलटकर,
ज़मीनी हकीकत का एहसास दिलाते हैं।
पर, हिंदुस्तानी होने का
मुझे बहुत फक्र और नाज़ है।
'हिंदुस्तान' तो मेरी रग-रग में बसा है, मेरे खून में बहता है,
और 'लखनऊ' शहर तो मेरी जान,
आन, बान और, मेरी शान है,
'लखनऊ के दीवानों' और मस्तानों के,
रंगीले अन्दाज़ से ही, मेरी सही और पुरानी पहचान है।

कटती पतंग को देख,
सब 'आइबो-आइबो',
'बो-काटे' के नारे लगाते हैं,
मटकती, लहराती हुई,
मन ही मन, मुस्काते बच्चों की जान हूँ मैं,
निशुल्क ही, एक स्थान से दूसरे स्थान पर और विभिन्न शहरों का दर्शन करती हूँ मैं।
कभी फूलों की खुशबु लेते हुए, तो कभी बगीचों से गुज़रते,
कभी हवा से बातें करते,
तो कभी राही के भांती,
खेत और खलिहानों से उड़ते हुए,
कभी मन्दिर, कभी गुरुद्वारा,
कभी गिरजाघर, तो कभी मस्जिद को नमन करते और निहारते हुए, कोसों दूर गुज़र जाती हूँ मैं।

एकाएक, गोधूलि में सिमट और लिपट जाती हूँ मैं,
और फिर, एक नए सवेरे, और सूर्योदय की इंतज़ार करती हूँ मैं।

कभी खींचातानी में,
किसी एक के हाथ में,
तो कभी किसी दूसरे के हाथ में चली जाती हूँ मैं,
निर्भय और निष्पक्ष उनके आगोश में चली जाती हूँ मैं,
लूटी हुई, कई पतंगों के बीच में,
अपनी सहेलियों के संग हिल-मिल जाती हूँ मैं,
फिर एक बार, हवा के झोंकों में लहराती हुई,
सभी के संग, बिन भेद
आँख मिचोली खेलती हूँ मैं।

कभी ऊँचाईयों से मुकाबला करती हूँ मैं,
तो कभी अपनी प्यारी धरती माँ को,
चूम कर बातें करती हूँ मैं।
अपनी माटी से लिपटी हुई,
एक छोटी सी पतंग ही तो,
हूँ मैं।
कभी डोर से लिपटी और सिमटी हुई,
तो कभी कटी हुई पतंग हूँ मैं।

कई हाथ बदलती हुई,
कई रंग और संग बदलती हुई,
घायल होकर भी,
बिन घबराये, एक बलपूर्वक सैनिक की भांती,
'चेपी' लगवा कर भी,
अंतिम श्वांस तक, हालातों से बखूबी लड़ती हूँ मैं।

एक नन्ही सी जान ही तो हूँ मैं।
भिन्न-भिन्न रंगों का,
चोला बदलती हूँ मैं,
जब तक अंतिम श्वांस ना निकले, "जय हिंद" का नारा लगा कर ही,
हिन्दुस्तान की पावन धरती माँ की मिट्टी में मिलकर,
उसे स्पर्श कर, चूम लेती हूँ मैं।
एक शक्तिशाली संदेश भरी पतंग हूँ मैं,
हिन्दुस्तान का सम्पूर्ण भूगोल हूँ मैं,
हर इंसान की पहली पसन्द हूँ मैं,
देशवासियों की जान हूँ मैं,
इस आज़ाद और प्यारे वतन के लिए, जन्म-जन्मांतर कुर्बान हूँ मैं।

मन

मन यादों के सहारे,
एक अनजान और हसीन दुनिया में ओझल होकर,
कोसों दूर चला जाता है,
तो कभी पलक झपकते ही, पंख लगाए, वास्तविक दुनिया में लौटकर आ जाता है।
मन एक यादगार है,
मन शीतलता का स्त्रोत है,
मन नादान है,
मन पागलपन की हद का एहसास है,
मन दूसरों के लिए असीमित प्यार की परिभाषा है।
मन गंगा जल के भांति निर्मल है।

मन को चुराया भी जा सकता है,
मन, किसी के लिए विष सी कड़वाहट है,
किसी के लिए खटास है,
तो किसी के लिए अटूट विश्वास है।

मन कभी सच बोलता है,
तो कभी झूट का सहारा लेकर, दूसरों की आँखों में धूल झोंकता है।
मन किसी के लिए गोपनीय है,
अपनी बात को छुपाने के लिए,

किसी हद तक जा सकता है।
मन किसी के लिए एक छुपा हुआ, अत्यन्त गहरा राज़ है,
तो किसी के लिए,
खुली किताब की भांति,
हँस कर जीने का सही अन्दाज़ है।

मन नदी की भांति चंचल है,
मन कीचड़ में भी रह कर,
कमल की भांति खिलता हुआ एक फूल है।

मन स्वयं से बातें करता है,
मन एक भीनी सी मुस्कान है।
मन की कोई उम्र नहीं,
कोई सीमा नहीं,
मन किसी के साथ जा मिलता है,
कभी खुशी के मारे झूम उठता है,
कभी मन समुद्रीय जहाज़ की भाँति उछाल व गोते खाता है,
कभी, यादों के बवंडर में डूब जाता है।
तो कभी मन झील की भांति,
स्थिर और शांतिपूर्ण खड़ा रहता है।

मन, मर कर भी ज़िन्दा रहता है,
मन किसी की याद में,
एक पल में ही बुझ जाता है,
तो कभी हर्षोल्लास से,
मन प्रफुल्लित हो उठता है।

जब कभी मन एकाग्र होता है,
तो वह, ईश्वर की स्तुति में, विलीन हो जाता है।
मन दुःखी होने पर,
निशब्द और मूक हो जाता है,
तो कभी शिव के त्रिशूल की भाँति, तांडव मचाता है,
कभी मन अपनी अपार शक्ति से, कृष्ण का सुदर्शन चक्र बनकर,
दुनिया में पापियों का नाश करता है।

मन की कोई गहराई नहीं, नपाई नहीं,
कभी मन पीड़ा से ध्वस्त और खंड़ित हो जाता है,
तो कभी मन, दूसरों के मन को हर लेता है।
मन एक पवित्र सूत्र है,
जो दुनिया को प्यार के बंधन में बांध देता है।

मन कोई दीन धर्म, जाती विशेष, स्थान या देश की सीमाओं में
नहीं बंधा या बंटा रहता है।
मन सर्वव्यापी है,
मन सरहदों से परे है,
मन तो पूरी दुनिया के लिए एक अटूट विश्वास है।

मन के दृढ़ संकल्प से,
तलवार उसे काट नहीं सकती,
इन्सान उसे मिटा नहीं सकता,
आग उसे बुझा नहीं सकती,
जल उसे तृप्त और शांत नहीं कर सकता,
आकाश उसे, अपनी बाहों में समा नहीं सकता,
बिजली उसे भस्म नहीं कर सकती,
धरती उसे अपनी बाहों में जकड़ नहीं सकती।

मन तो हमारे चरित्र का दर्पण है,
अपने प्यारों के लिए तो,
मन पूर्ण रूप से समर्पण है,
किसी के लिए तो मन,
ईश्वर के लिए संपूर्ण रूप से अर्पण है।

सच और झूठ

दिलो-दिमाग में वही बसता है,
जिसका मन पवित्र होता है,
मन को हर लेता है,
और दिल को छू जाता है।

आजकल तो सच और झूठ की पहचान ही कहाँ,
सच कोड़ियों के भाव और,
झूठ बेशुमार बिकता है।

झूठ से निकल कर,
इन्सान सच का ढोंग रचता है,
हर कोई झूठ का मुखौटा जो लेकर घूमता है।

मुँह में अत्यधिक मिठास,
पर मन में खटास रखता है।
खुद को विधाता का रूप दिखाकर,
मुँह से राम-राम बोलता है,
पर बगल में छुरी लेकर घूमता है।

झूठ, सच से कोसों दूर होता है।
जो समय पर, सच और झूठ की दुनिया को परख ले,
और इस दलदल और फरेबी दुनिया से बच निकले,
वही समझदार और ज्ञानी इन्सान होता है।

ईश्वर के रंग रूप

कहीं छाँव, तो कहीं धूप,
खुशबू है, तो कहीं 'अगरबत्ती' की महकती 'धूप',
निराकार ईश्वर और उसकी करनी,
है उसका सबसे विशाल और महान स्वरूप।
कोई ना समझे,
तो सिर्फ एक 'पत्थर',
कोई समझे तो, वह है 'ईश्वर',
और उससे जुड़े उसके अनेकों रूप।

कहीं जन्म, तो कहीं मरण,
कोई धनी, तो कोई निर्धन,
किसी का सुन्दर रूप,
तो कोई कुरुप,
कोई निरोगी, तो कोई रोगी,
कोई योगी, तो कोई भोगी,
कोई बुद्धिहीन,
तो कोई स्वयं में बुद्ध,
कोई अक्ल का कच्चा,
कोई मन का सच्चा,
कोई ढोंगी,
तो कोई पेट का भूखा,

कोई उसके मीठे लंगर प्रसाद का भूखा,
तो कोई ईश्वर की भक्ति में डूबा,
कोई खाए, छप्पन भोग,
तो कोई खाये रोटी का निवाला, वह भी सूखा।
सब लीला उस प्रभु की,
पिछले जन्मों का,
लेखा-जोखा।

रास्ते अनेक, मंज़िल एक,
हर रूप में है ईश्वर।
उसकी दी गई सीख देख,
समस्त जीवन के क्षण-क्षण में उसकी अपार कृपा देख।
एक कदम वह आगे ही चलता।
हर पग, हर पल पर,
हर इन्सान पर उसकी दृष्टि,
वही है ईश्वर, वही है दाता,
जिसने रची है सम्पूर्ण श्रृष्टि।

आखिर मैं ऐसा क्यूँ हूँ?

क्यूँ मैं सड़कों पर,
अनजान बनकर,
आँखें और नजरें बचाकर,
चोरों की भाँति निकलता हूँ?

क्यूँ गलत होते हुए भी,
अपने आपको सही और सिद्ध ठहराता हूँ?

आखिर मैं कौन हूँ?
मैं कोयला, पत्ते और लकड़ जलाकर,
क्यों वातावरण को दूषित कर रहा हूँ,
मैं नदियों में जहर क्यों फैला रहा हूँ,
मैं पटरी में क्यों,
गाड़ी पार्किंग कर के,
और दुकानों का सामान लगा कर,
लोगों के अधिकारों को छीन रहा हूँ।

क्यूँ अपना घर साफ रख कर,
दूसरों के घर कूड़ा फेंकता हूँ,

क्यूँ मैं, घर में कुत्ते रखकर,
दूसरों के स्वतंत्रता का हनन कर रहा हूँ।
आखिर किसने मुझे ये हक दिया कि,
कुत्तों को बाहर बाँधकर,
स्वयं अन्दर आराम से बैठा हूँ,
क्यों कुत्तों के भौंकने की आवाज़ से,
हर किसी की नींद भंग हो?

क्या मैं एक अच्छा इन्सान हूँ,
क्या मैं बिल्ली से ज्यादा स्याना हूँ,
जो शौच के बाद,
अपनी गन्दगी,
मिट्टी के अंदर ही दफना देती है,
मैं कुत्ते का मालिक हूँ,
जो देश में चले सफाई अभियान के प्रयासों के बावजूद,
अपने कुत्ते की दी रसीद को,
दूसरे के घर के आगे ही, पेश कर देता हूँ,
और ना जाने कितनी अंगिनत बीमारियों को जन्म देता हूँ।
आखिर कौन जिम्मेदार है इसका?

क्या इंसानों का प्यार कम हो गया है?
क्या माँ का दुलार फीका पड़ गया है?
क्या परिवार का मेल-जोल ओझल हो गया है?
जो मैं, अब जानवरों की दुनिया में सिमट कर,
उन्हीं से प्रेम जताता हूँ,
उनकी ही दुनिया में सिमट कर रह गया हूँ,
उनकी खातिर इन्सानों से झगड़ा मोल ले लेता हूँ।

क्या मैं वही इन्सान हूँ,
जो कभी बचपन में,
सबकी आँखों का तारा था,
पर बड़े होते ही,
अब गाड़ी में ठाठ से बैठ,
बादशाह बन कर,
सड़कों पर न जाने,
कितने अनजान व निर्दोष जानों को रोंदने का जिम्मेदार हूँ।

आखिर मैं किस मिट्टी का बना हूँ, जो देख कर भी,
सब कुछ अनदेखा कर देता हूँ,
मैं भेड़िये के रूप में ही तो इंसान हूँ,
जो सड़कों पर गरीबों को, टायर के तले रौंदकर
रफूचक्कर हो जाता हूँ,

आखिर मैं क्या और कौन हूँ?

‘मोबाईल’ और मैं

मिला था पहली बार,
जब मैं तुझे,
हर शख्स की तरह,
बेगाना था, तू मेरे लिए
और मैं तेरे लिए।
लगता था दूर से,
कि तू भी मेरी तरह,
दियों की तरह कुछ बुझा-बुझा सा रहता है।

पर नजदीकियां बड़ने लगी,
आँखों में आँखे डाल कर,
हम दोनों मिलने लगे,
फासले घटने लगे,
तुझमें मैं अब समाने लगा।
दूसरी दुनिया से अब मैं, कटने लगा,
जो पास थे, कभी मेरे,
वे भी दूर, अब मुझसे जाने लगे।

गोते खाते-खाते समुद्र में,
ज़िंदगी की नाव थपेड़े खाने लगी,
ठहरी-सी ज़िंदगी की नौका,

अब 'मोबाईल' की दुनिया में बहने लगी,
था ना, कोई साथ तो,
मैं तुझमें ही, सपने सजाने लगा,
कोई ना मिला, अपना कहने वाला,
तो तेरी ही दुनिया में चल निकला।

मोबाईल और मैं,
अक्सर एक दूसरे से, तन्हाइयों में बातें करने लगे,
बाहों में बाहें डालकर,
अब हर दम, हम साथ रहने लगे।

यूँ तो कहने को, बहुत थे अपने,
पर खुद में ही मशगूल और घमंड के नशे में,
चूर लोग अब, अपनी दुनिया में रहने लगे।
बचा था मोबाईल ही, जो मुझे ज़िंदगी भर का साथ देने लगा,
वह मेरे, और मैं उसके साथ ही,
हर दुःख-सुख बांटने लगा।

बच्चे जो चले गए दूर सब बड़ों को छोड़कर,
कभी, साथ जीने और मरने, की कसमों को तोड़कर,
बड़े-बुज़ुर्गों ने अपना रुख मोड़कर,
ज़िन्दगी को जीने के लिए,
मोबाईल से ही रिश्ता बना लिया।
कभी लिखकर, कभी पड़ कर,
तो कभी सुनकर अपनों और परायों की कहानी और गाने,
बना लिए जीने के सौ बहाने।

बचा तो अब एक, "मोबाईल" ही अपना,
उससे ही गुफ्तगू कर लिया करते हैं।
कभी 'फेसबुक',
कभी 'इन्सटाग्राम',
तो कभी 'वटसऐप' पर ही,
घण्टों समय बिता लिया करते हैं।
कहने को तो दोस्त, रिश्तेदार,
भाई और बहनें, बहुत थे अपने,
जो रह गए अब बनकर सपने।
बचा तो सच्चा साथी,
एकमात्र 'मोबाईल' ही अपना,
जिससे हम सुख-दुःख का हाल बाँट लिया करते हैं,
कभी उसे दिल का हाल सुना देते हैं,
तो कभी उसकी ज़ुबानी सुन लेते हैं।

कोई, 'राम-राम, भोलेनाथ' तो कोई, 'राधे-राधे' के,
मेसेज भेज देता है
कोई, एक टुक 'हैलो, हाए' लिखकर या कहकर ही,
झटपट से छुटकारा पा लेता है।
सिर्फ मोबाईल ही तो मेरा सच्चा साथी है,
जो दिन-रात मुझे
दिलासा देता है,
नए, पुराने भजन सुनाकर, हर रोज़ जीने की आस देता है।

मोबाईल और मैं,
एक दूसरे के संगी-साथी बनकर रह गए,
कभी मोबाईल मुझे
'इंस्टाग्राम' में 'रील्ज़',

'खबरें और 'इन्टरनेट' खोज-खोज कर,
मुझे दूसरी दुनिया में ले जाता है।
चुटकले तो कभी हँसी मज़ाक के, 'वीडियोज़' दिखाकर,
मेरी ज़िन्दगी को तरोताज़ा कर, उनमें में जान फूँकता है।
कभी कुदरत की दुनिया में, कभी खेल, तो कभी घर-घर की
कहानियां सुनाता है,
ज़िंदगी को जीने का,
हर दिन एक नया एहसास दिलाता है,
हर पल मोबाईल मुझे यही दिलासा देता है।
रात के अँधेरों में भी कहता है,
"मैं हूँ ना, तू फिर ज़िंदगी से क्यों घबराता है"।
तू गम, अकेलेपन, जुदाई,
और दुःख की दुनिया में, फिर क्यूँ चला जाता है।

फुर्सत के दो पल

हँस के बोला करो,
हँस के घर, आया-जाया करो,
यूँ ही बातें ना बनाया करो।
शर्म और झिझक ये कैसी,
कभी तो हमारे घर,
आया भी करो।
कभी फुर्सत में कुछ पल,
हमारे लिए, भी निकाला करो,
हम से, भी कभी तो,
दिल लगाया करो,
दूर रह के, यूँ प्यार,
ना जताया करो।

‘अजनबी’ बने ‘अपने’

वो दुनिया, वो अपनापन,
वो रिश्ते और वे रिश्तेदार,
कहाँ खो गए।
‘अपनों’ को छोड़,
‘अजनबी’ बन गए ‘अपने’,
और ‘अपने’, ‘अजनबी’ बन कर रह गए।
प्यार के वो रिश्ते,
सब पीछे छूट गए,
नए रिश्तों की खोज में,
सब बाहरी दुनिया में ही,
‘अपनों’ को तलाशते रह गए।

दोस्त

मीठी शहद की भाँति,
बचपन के दोस्त याद आते हैं,
दिलों की गहराइयों में बसाए,
सपनों में सजाय,
यादों में समाये,
वास्तव में, वे सब अनमोल बातें व किस्से,
पल-पल याद आते हैं।

समय के चलते भी,
हम भूतकाल में ठहरे से रह गए,
बचपन के लम्हे और
बचपन के दोस्त,
सब छूटकर आगे की दुनिया में बह गये,
हम दिल में केवल,
एक कसक लिए रह गए,
ख्यालों की लिपटी हुई पोटली को समेटे,
उसी धरे और धूरी पर बंधे से रह गए।

तिल-तिल करके,
बचपन के वो पाक रिश्ते,
हाथों से फिसलकर,

ज़मीन पर टुकड़ों में,
चकनाचूर होकर रह गए।

बचपन के साथी,
मीठे पलों को भुलाकर,
ना जाने, कब बड़े हो गए,
कलम की स्याही की भाँति,
समय के सफर के साथ-साथ,
कागज़ी रिश्तों की भाँति,
सब रंग फीके ही बनकर रह गए।

किस बात का गम है दोस्त

किस गम में,
उम्र गुज़ार दी ऐ दोस्त मेरे,
किस बात की फिक्र में,
यूँ ही व्यर्थ, जीवन गुज़ार दिया।

ज़्यादा, मत सोचा करो,
सपनों में इस तरह मत खोया करो,
वर्ना ये ज़िंदगी कट जाएगी, यूँ ही सोचते-सोचते।

पलक झपकते ही,
दिन गुज़र जाएगा,
आँखे मीच जाएंगी,
यूँ ही एक पल में,
दुनिया से जाते-जाते।

यूँ ही ख्वाबों में मत जी,
पलट कर देख,
रहस्य भरे ज़िन्दगी की किताब के उन पन्नों को,
जो धूल में एक कोने में लिपटी बैठी है।

मत रोको, छट जाने दो,
उन उम्मीदों के बादलों को।
बरसने दो, टपकने दो,
छलकने दो, उन प्यारी सी,
नन्ही सी, बारिश की बूँदों को।

मत सोचो, मत रोको उन
सपनों को,
हकीकत में बदल जाने दो, ऐ दोस्त।

दो पल, ज़िन्दगी के,
हकीकत में जी कर तो देखो,
इस गमगीन और खिन्न शाम को,
कल के सुनहरे सवेरे की रंगीनियों में,
बदल कर तो देखो ऐ दोस्त,
ज़िन्दगी तुम्हारे सामने है।
उन असमंजस भरे सपनों को,
हकीक़त में ज़रा बदल कर तो देखो।

अपने और पराये

खुशियाँ और साधन,
चाहे कितने हों,
जब अपने, अपनों को,
न समझ सकें,
अजनबियों का कोई अर्थ नहीं.

माँ-बाप

तुमने तो, 'राम और सीता' को देखा है,
हमने तो, 'माँ-बाप' के रूप में,
'राम और सीता', दोनों को ही,
हर पल साक्षात देखा है।

चारों धाम

तुमने तो 'चारों धामों' को देखा है,
हमने तो, 'माँ-बाप' के चारों ओर घूम कर,
'हर धाम' को पाया है।

तकदीर

तकदीर तो ईश्वर,
हाथ की लकीरों में
खुद ही लिखता है,
पर उन लकीरों का "रास्ता" तह करना और रास्ते में आ रहे मोड़ों को तो,
खुद को ही तराशना होता है।
ईश्वर तो ज़िन्दगी के "सफर" में साथ ही चलता है,
पर इस सफर की मुश्किलों का हल और खुशी को तलाशना तो,
खुद को ही निकलना होता है।

समझदार कौन

समझा ले,
भले ही लाख कोई,
पर “समझदार” तो व्यक्ति,
खुद को ही मानता है.
भले ज़माना कितना ही कहे,
सुनता, मानता,
कहता और करता तो वह,
अपने मन की ही है.

माँ

माँ तो दिल में बसती है,
उसकी तो समस्त विश्व में ऊँची हस्ती है,
माँ तो पूरा ब्रह्माण्ड है,
माँ धूप में हम बच्चों के लिए एक ठंडी छांव है,
माँ तो हमारा पूरा संसार है, माँ तो हर जगह विद्यमान है।

माँ तो इक आहट है,
माँ एक पहचान है,
एक एहसास है,
ईश्वर की इस धरा पर एक देन है,
माँ एक चाहत है, माँ एक राहत है,
माँ ईश्वर रूपी बनावट है।

माँ इस संसार में एक फरिश्ता है,
माँ तो, ईश्वर का दूसरा नाम है,
माँ चारों धाम का केंद्र बिंदु है,
माँ इक कीमती रत्न है,
माँ हमारे जीवन की, हर साँस है,
माँ तो मोतियों की एक माला है,
माँ निर्मल जल की भांति, गंगा जल है,
माँ जननी है, माँ उत्पति का कारण है,
माँ इस भूमि के लिए एक प्रेरणा है, माँ पूजनीय है।

माँ इक फलता-फूलता वृक्ष है, जो सिर से पांव तक,
अपना सब कुछ बच्चों के प्रति,
न्यौछावर कर देती है, माँ इक ग्रीष्म ऋतु में ठंडी छांव है,
माँ तो हमारे सब सुख-दुःख की ज्ञाता है,
सब दुःखों को, माँ ही तो हरती है,
माँ चोट पर लगी एक मरहम पट्टी है,
माँ इक सुकून है,
माँ हर मर्ज़ और दर्द की दवा है,
सच्चे मन से जो याद करें
तो, माँ अश्रु की धार है,
माँ दूर रहते हुए भी दिल के निकट है,

माँ दुश्मन के लिए शस्त्र है,
तीखी धार का ब्रह्मास्त्र है,
माँ पूरे ग्रंथों का ज्ञान है,
माँ चारों वेदों का सार है,
माँ प्यार का भरपूर भंडार है,
माँ तो हमारे दिल की धारणा है,
माँ तो हमारे सर का ताज है,
माँ हमेशा के लिए अमर है, अजर है,
माँ मरने के बाद भी,
एक मीठी सी याद है।
माँ हर दिल के समीप है।

माँ बच्चों के लिए एक प्यारी सी लोरी है,
माँ बच्चों के लिए नर्म गोदी है, एक आँचल है,
माँ मीठी नींद की तिजोरी की चाबी है,
माँ संकट में दुखों का निवारण करने का एक मात्र मंत्र है,

माँ संकट मोचन है,
माँ दुखों की ज्ञाता है,
माँ हंसी है, माँ हमारे होंठों पर, एक प्यारी सी मुस्कान है,
माँ के हाथों में तो जादू है।

माँ प्रीत है, माँ गीत है,
माँ कानों में बजता हुआ सुरीला संगीत है,
माँ ताल है, सुर है, साज़ है, आवाज़ है,
माँ दुःखों की एक ढाल है।
माँ आराधना है,
माँ भक्ति है, माँ शक्ति है,
माँ भूखों और प्यासों की भूख और प्यास है,
माँ की परिभाषा तो,
कदापि, हो ही नहीं सकती,
क्योंकि "माँ" तो "माँ" है ना।

दुनियाँ बदल सी गई है

आज की दुनियाँ कुछ बदल सी गई है,
कल तक की,
खिलखिलाती दुनियाँ,
कुछ, घट सी गई है,
कुछ, घुट सी गई है,
कुछ सिमट कर रह गई है,
कुछ, बिखर सी गई है,
तो कुछ गुरूर से,
भर सी गई है,
कुछ, खुदगर्ज़ सी, बन गई है,
कुछ, पत्थर समान,
कठोर सी बन गई है,
कुछ जज़्बातों से रहित बन गई है,
कुछ, मर सी गई है,
ठण्ड में ठिठुर सी गई है,
धूप में, झुलस सी गई है,
फूलों के खिलने के बाद ही, मुरझा सी गई है,
सूखे रेगिस्तान की भाँति, प्यासी बनकर ही रह गई है,
एक सूखे ठूंठ की भांति, दीमक से, खोखली बन गई है,
दुनियाँ कुछ बदल सी गई है।

दृष्टिकोण ज़िंदगी के प्रति

ज़िंदगी को हँस कर जी लें,
तो आराम बहुत है,
इम्तिहानों को पास कर लें,
तो विश्राम बहुत है।
ज़िंदगी में अटकलें लगा लें,
तो पूर्णविराम बहुत हैं।
गज़ब की है ज़िंदगी दोस्तों,
जो किसी के बारे में अच्छा सोचो,
तो ईश्वर का हम पर,
एक आशीर्वाद ही बहुत है।

ज़िन्दगी पानी का बुलबुला

रूठों को मना लेंगे,
अपना सबको बना लेंगे,
लब पर आए कोई बात,
तो उसे भी मन में छुपा लेंगे।

शिकायत कोई हो,
ऐ मेरे दोस्त,
उसे भी मिटा देंगे,
समझ लो अपना,
तो दोस्ती निभा लेंगे,
कुछ वक्त की है,
ये ज़िन्दगी,
उसे भी बिता लेंगें।

गुस्से में, कुछ नहीं रखा,
स्वाद इसका हर किसी ने
है चखा,
खुद को ले डूबता है
यह गुस्सा,
रातों की नींद भंग कर देता है ये गुस्सा,
'तन' और 'मन' का,
दर्पण है यह गुस्सा।

कड़वाहट में क्या रखा है,
जो ज़ुबान की मिठास ने,
दे रखा है।
गुस्सा, तो वह बाण है,
जो एक बार छूटे,
तो तन मन में आग लगा कर,
उसे घायल कर देता है।

"माफ़ी" नाम है,
उस जीत का,
जो बिगड़ों को भी,
अपना बना लेता है,
प्यार से सबको,
आगोश में ले लेती है,
मन को प्रसन्नचित व प्रफुल्लित कर देती है,
नकारात्मक उर्जा को भी,
सकारात्मक ऊर्जा में परिवर्तित कर देती है।

क्षमा निर्मल जल की भांति है,
जो निस्वार्थ नदी के बहाव में बहती है,
सालों से, मन में दफ़न हुई,
कड़वाहट को भी,
सिर्फ और सिर्फ,
एक मुस्कराहट से ही,
हमेशा के लिए मिटाती है।
उत्तम है, भाषा प्यार की,
ना नफरत की, ना तकरार की
जो हर दिल में उतरकर,
हमेशा के लिए समा जाती है।

ख़ुशी और गम

गम के दरिया में तो,
हर शख़्स डूबा है,
मस्ती के समुद्र में डूबने का तो,
मज़ा ही कुछ और है।

मीठी यादें

बीत जाते हैं जो पल,
मुड़कर आते नहीं,
बीते दिनों की याद जाती नहीं।

जिनकी यादें बचपन से सजाई थी कभी,
वे दिल से कभी जाती ही नहीं।

कहाँ गये वे पचपन के क्षण,
यादों में बस गये जो,
बनकर दर्पण,
अब क्यों याद करने पर भी,
वे दिन लौट कर आते नहीं,
क्यों वर्तमान के ये दिन,
बचपन में, लौट जाते नहीं।

उस ज़माने को अक्सर,
याद करते हैं हम,
पर क्यूँ उन लम्हों की कसक,
कम होती नहीं।

दिन ढलता नहीं,
रात जाती नहीं
उन दिनों की खिलखिलाती,
धूप और छाँव की मस्ती,
दिल से जाती नहीं।

अपने और बेगाने

बेगानों पे क्या ऐतबार करें,
हमें तो अपनों का प्यार मिल जाए,
तो कुछ और ही बात होगी।

नहीं तो, सोच में निकल जाता हर दिन,
कब सुबह और कब रात होगी।
असली प्यार तो वही है,
जिसका अनुभव करते ही,
दिन होगा और रात होगी।

खुशी के कई रंग

अनगिनत
इस बेरंग जिंदगी में,
आज, उछाल और उड़ेल दो,
धीरे-धीरे जिस्म में,
अमृत रस के अनगिनत "पैगों" को,
यही तो रंगीन सोमरस का
पैमाना वह है,
जो त्यौहारों और हर खुशी के मौके में,
हमें दूसरी दुनिया की
रंगीनियों में,
उड़ाकर ले जाता है,
जो जिस्म में धमाल मचाता है,
और खुशी का माहौल पैदा करता है।

बाद में क्या होता है,
वह तो वही जानता है,
या ईश्वरदास का,
ईश्वर जानता है,

क्यूँकी हम तो ठहरे,
सूफी यारों!

इस चक्कर में,
न हम कभी पड़ता है,
ना पीता है, ना पिलाता है,
बिन पिए ही नाचता और ठुमकता है!

ज़िंदगी मोबाईल की मुट्ठी में

यूँ तो मोबाईल ने किया है कमाल,
दुनिया में मचा दिया है तहलका और धमाल।
सबने, उसे बना लिया अपना पहला-पहला प्यार।
नज़र उससे हटती नहीं, सुबह हो या शाम,
मोबाईल पर हर दम रहता है काम।
मोबाईल के युग के आते ही,
हर किसी के जीवन में परिवर्तन आ गया है,
मोबाईल पर ही अब करते हैं सब बात,
छूट गया है, अब अपनों का भी साथ,
निर्भरता इस हद तक बढ़ती गई,
कि अपनों का भी, हमने खो दिया है साथ।

दुनिया में, मोबाईल का दस्तक देते ही,
रिश्तेदारों की गलियां सूनी पड़ गई हैं,
बड़े-बूढ़ों की आँखों में नमी छा रही है,
आँखों की रंगत फीकी पड़ रही है,
अपनों की एक झलक पाने के लिए, आँखें तरस रही हैं।
एक प्यार भरे, बच्चों के स्पर्श और एहसास के लिए,
माँ की आँखों से,
अश्रुधारा बह रही है।

कभी रिश्तेदारों का लगता था ताँता,
अब उसी प्यार पर,
मोबाईल ने मारा एक करारा चांटा।
"इडियट् बॉक्स" की डिबिया में ही, अब प्यार सिमट गया है,
घंटों-घंटों फोन पर, अब करते हैं सब बातें।
बड़े-बुज़ुर्गों के लिए अब,
परिवार के सदस्यों के पास,
ना बचे दिन और ना ही बची रातें।
हैलो, हाय और बाय की होड़ चल रही है,
बड़े-बूढ़ों के लिए,
रात की काली घटा और तन्हाई छा रही है।
आज की ज़िंदगी,
मोबाईल के आसपास ही मंडरा रही है,
माँ की ममता भी अब,
मोबाईल में ही सिमट कर रह गई है।
प्यार की परिभाषा परिवर्तित हो रही है,
भाई-बहन का प्यार,
सिकुड़ता जा रहा है।
मोबाईल से, फुर्सत के
दो पल भी, अब कहाँ रह गए हैं,
टुक-टुक करते मोबाईल में, अब आंखे गढ़ी रह गई हैं।

मोबाईल पर ही, अब रिश्ते सिमटकर रह गए हैं,
ई-कार्ड भेजकर,
शादी की ज़िम्मेवारी और फर्ज़ निभाए जा रहे हैं,
रस्में और रिवाज़ निभाने के लिए,
रिश्तेदारों के घर तक जाने की,
दो गज़ की दूरी तह करना तो छोड़ो,

मोबाईल के आते ही अब,
सिर्फ आमंत्रण भेजकर,
फोन करने पर भी कोताही बरती जा रही है,
कार्ड भेजने में भी अब, कटौती की जा रही है,
रिश्ते और रिश्तेदारों की कद्र खो गई है।

अब तो यह आलम है दोस्तों,
अपनों घर में रहते हुए भी लोग,
अपनों से कोसों दूर जा रहे हैं,
जरा-जरा कर, ज़िंदगी हाथ से फिसलती जा रही है।

मोबाईल के आते ही,
ना मेरी ज़िंदगी मेरी रही,
ना उनकी ज़िंदगी उनकी रही।
लगने लगा, कोई अनजानी शक्ति, आस-पास मँडरा रही है,
जो सब के दरमियान, दूरियाँ बढ़ा रही है,
एक को दूसरे से, आहिस्ता-आहिस्ता जुदा कर रही है।
ज़िन्दगी में सिर्फ तन्हाई,
खालीपन और जुदाई ला रही है।

ज़िन्दगी में हर इंसान,

दूसरों की नजरों में,
हर इन्सान, हर समय एक सा नहीं रहता।
कोई फूल देखता है,
तो कोई उसी फूल में लगे,
कांटों को ढूँढ़ता है।

कल तक जो गीत था

कल तक जो गीत और
तराना था कभी,
आज वह,
छोटी-छोटी बातों का फसाना बन गया।

बचपन में जो,
होली के रंग थे कभी,
वे आज बड़े होते ही,
भंग हो गये सभी।

कल तक जो रिश्ते
बेहतरीन और रंगीन थे कभी,
वे आज तार-तार और ग़मगीन हो गए।

यूँ ना मुझे रोज़ सताया करो

रोज़-रोज़ यूँ मुझे,
रुलाया मत कर,
मरने का डर देकर,
मुझे सताया मत कर।

ज़िंदगी में बहुत से गम हैं
छुपाने को,
'बस', एक और गम देकर,
मुझे जलाया मत कर।

हँसना और रोना तो,
ज़िंदगी के दो पहलू हैं,
यूँ तो हर कोई,
किसी ना किसी मोड़ पर,
आकर हँसता है या रोता है,
पर घुट-घुट के,
ज़िंदगी को जीने के लिए,
मुझे चोट पहुँचाया मत कर।

दृष्टिकोण

दोस्तों ईश्वर ने दी है,
ज़िंदगी जीने को।
जब ज़िंदगी हसीन है,
ताउम्र जीने को,
कमबख्त, तब मरने की,
सोच रखते ही क्यों हो।
यूँ तो बहाने सौ हैं,
मरने के लिए,
ज़िंदगी को एक बार,
ढ़ंग से, जी कर तो देखो।

कदम-कदम बढ़ाए जा

कदम-कदम बढ़ाए जा,
ऊंचाईयों को छुए जा,
हिम्मत अपनी जुटाये जा।
मिट्टी के छींटे उछलें भी तो,
तू उनको भी मिटाए जा।
यत्न में, कमी मत ला,
आँखों में, नमी ना ला।
मुसीबतों के पहाड़ भी आयें,
तो उनको को भी गिराये जा।
जलती हुई, मशाल है तू,
अहम को तू मिटाए जा,
ज़िंदगी के दुखों को,
तू ढाल बन कर,
कोसों मील, भगाये जा।

दूर क्यूं ना, जाना पड़े,
तू खून और पसीना बहाए जा।
मंज़िल की, न तू फिक्र कर,
समुद्र बन, हर कठिनाई
को अपने में तू समेटे जा।

मंज़िल तो तेरे सामने है,
तन, मन से उसे तू पाए जा,
कदम-कदम बढ़ाए जा,
मंज़िल की ओर जाए जा।

कल की, तुझे खबर नहीं,
पल भर का तुझे सब्र नहीं।
समय को, अपना बनाए जा,
तू आज को ही बेहतर बनाए जा।

दुनिया में बहुत, मिलेंगे लोग,
जो तुझको, बहुत झिनजोड़ेंगे
फूलों में छिपे कांटे बनकर,
मनोबल को तेरे, तोड़ेगे।
तू ढाल है, मशाल है,
तू समुद्र एक, विशाल है।
ज्वालामुखी जैसे जलती हुई,
तू एक प्रचंड आग है।
समुद्र मंथन का, अमृत है तू,
भोले-नाथ का भाला है तू,
धीरज की एक पाठशाला है तू।
डमरू की इक ताल है तू,
शिव समान, विशाल है तू,
धरती पर एक धमाल है तू।
हनुमान की भांति,
राम की, भक्ति है तू ,
इन्सानों के लिए, मिसाल है तू,
दुनिया की लिये, शक्ति है तू।

गुज़रे हुए, कल का,
नन्हा सा एक बीज है तू,
घने, घनघोर अंधेरों का,
जलता हुआ, एक दीपक है तू।
सुबह का उजाला है तू,
आने वाले, कल के लिए,
विराट एक, स्वरुप है तू।
मां काली और अन्य ईश्वरीय शक्तियों की भांती,
शक्तिशाली, मिसाल है तू।
कदम-कदम, बढ़ाए जा,
मंज़िल पर, ध्यान लगाये जा।

कायरों के लिए, डटे हुए पहाड़ों में,
एक शक्तिशाली चट्टान है तू।
बदलते हुए युग में, एक क्रांतिकारी, तूफान है तू।
सुबह की चमकती किरण है तू,
बगीचों में घास के नुकीली तिनके पर पड़ी,
सूक्ष्म सी पानी की एक बूंद है तू।
एक विराट रूप लेते ही,
किसानों के लिए,
सूखे नग्न, उचाट खेतों में,
बरसात का वरदान है तू,
जीवन को जीने के लिए,
आशा की एक किरण है तू।
निरंतर बहते हुए,
जीवन के इस समुद्र में
एक अनमोल रत्न है तू।
कदम, कदम बढ़ाये जा,

अपना और दूसरों का,
हर दम, मनोबल बढ़ाये जा,
पथरीले रास्तों से गुज़रते हुए भी
तू अपना रास्ता बनाए जा।

ज़रा गौर फरमाइए जनाब

हाथी के दांत खाने के और,
और दिखाने के, और होते हैं,
यकीन मानो जनाब,
कुछ इन्सानों की फितरत ऐसी होती है,
दूर से कुछ दिखती है
पर सूक्ष्मदर्शी से देखो तो,
कुछ और ही नज़र आती है।

गौर से देखो तो आइने में,
लोगों की तस्वीर,
कुछ और नज़र आती है,
पर हकीकत में,
चेहरे पर लगे मुखौटे,
लेपा-पोती से छुपे होते हैं।

यूँ तो कहने को,
दूर से, पहाड़ों का नज़ारा,
कितना हसीन और मनमोहक नज़र आता है,
ज़रा नज़दीक जाकर तो देखो,
जंगल का रास्ता,
कितना खतरों से भरा और डरावना नज़र आता है।

गिरगिट तो क्या,
हमने तो इन्सानों को,
कई रंग बदलते हुए देखे हैं।
भेड़ियों को तो हमने,
मेमने के कपड़ों में,
अक्सर बैठे देखा है।

यूँ तो मन्दिर में, हमने लाखों को,
घंटे बजाते हुए देखा है,
जनाब यकीन मानिये,
हमने तो कातिलों और बहरूपियों को भी,
मुँह में राम-राम जपते,
और बगल में छुरी, छुपाये देखा है।

कहने को तो कुछ दोस्त,
जान से प्यारे नज़र आते हैं,
हमने तो, हर दिन यारों को,
मौसम की तरह, बदलते हुए देखा है।

रामलीला में बहरूपियों को भी,
हमने राम बनते हुए देखा है,
राम के चोले से निकल कर,
रावण को नज़दीक से देखा है।

कुछ लोगों को हमने पल-पल,
छल करते हुए देखा है,
इन्सानियत को तो हमने,

हैवानियत में बदलते हुए भी देखा है।
इन्सान तो वो चीज़ है, जिसको हमने,
हर दुकान पर लगे,
बेजान पुतलों में भी देखा है।

खुद को तलाशता हूँ

कहाँ मैं खड़ा था,
खुद को टटोलता हूँ,
ज़िंदगी की इस भीड़ में,
आज मैं खुद को तलाशता हूँ।
अपनों में बेगाना और बेगानों में,
अपनों को ढूँढ़ता हूँ।
बदल गया है ज़माना,
बदल गयी है फितरत,
इस मुकाम पर, पहुंचने पर,
अब भली-भाँति मैं समझता हूँ।

अपना समझने से,
कोई अपना नहीं बन जाता,
दिल के चाहने से भी,
हमेशा कोई अपना नहीं रहता।
ज़िंदगी की बारीकियों को,
अब मैं खूब समझता हूँ।

रखा था, जिन्हें हमने,
पलकों में बिठा कर, एक दिन,
आँखों की किरकिरी बन गए वो,
समय के निकलते-निकलते।

थप्पड़ की गूँज,
दूर तक जाती है,
रोज़-रोज़ उनकी याद,
प्रतिध्वनि बनकर,
लौटकर आती है।
रह-रह कर पुरानी यादें उनकी,
गहरी चोट पहुँचाती हैं,
ज़िंदगी ऐसी भी होती है,
विश्वास नहीं दिलाती है।

दिल के कोने में जिनको,
बिठाया था हमने कभी,
बिठा दिया उन्ही ने,
समुद्री तट पर आज हमें।

बहुत शुक्रिया उनका,
रुलाया हमें जिन्होंने,
ज़िंदगी का पाठ,
आज सिखा दिया उन्होंने।
इशारों-इशारों में,
सब कह डाला उन्होंने,
नादान तो हम थे,
कि साथ निभाते-निभाते,
पहेलियाँ भी उनकी,
कभी हम समझ न पाए।
दिल में छुपा कर सौ बातें,
कहर ढा दिया उन्होंने,
जूता भी जो मारा सर पर,

यूँ गीला कर-कर के,
आवाज़ भी ना आने दी।

दूर से देखा,
तो हमने यह सोचा,
मेमना चला आ रहा है।
आँखें जब खुली,
नज़दीक आए और देखा,
कि मेमने के भेष में,
भेड़िया चला आ रहा है।

कदमों के निशान

ना तुम, मुझ से खफ़ा होना,
ना हम तुमसे कभी,
कदमों के निशान तो
मिट जाएंगे,
दिल की कशिश,
रहेगी ता उम्र।
कुछ कदम हम चलें,
तो कुछ कदम,
तुम भी चलकर तो देखो।
ना तुझको कोई शिकवा,
ना मुझको कोई गिला,
यह हसीन सफर ज़िंदगी का,
कट ही जायेगा ऐ मेरे दोस्त।

छुक-छुक करती रेलगाड़ी

रेलगाड़ी की गड़गड़ाहट सुन,
भगदड़ जो मची, गाड़ी रूकी,
सब यात्रीगणों की भीड़ देख,
उसकी थोड़ी कमरिया झुकी।
डर के मारे, उसकी फूँक सरकी
और सीटी बजी,
पगला कर सोच में पड़ गई,
मानो जैसे युद्ध के मैदान में पहुँच गई।

इंसानियत के नाम को,
इंसान भूल गए थे।
सब जन इधर-उधर,
पागल से लाग रहे थे,
भगदड़ में सब बावले बनकर,
रेल के डब्बों की ओर भाग रहे थे।

हिलते-डुलते, मण-मण की तोंद हिलाते,
काज फाड़कर, बटन बाहर आते,
मोटे-लाले सामान चढ़ाते।
लोग नमूनों की भांति,
इधर-उधर भागते नज़र आते।

कोई अपनी बूढ़ी माँ को भगाते,
तो कोई रोते बच्चों को,
अपनी गोदी में लेकर भागते।
सब कोई अपनी सुध-बुध खो बैठे,
गाड़ी के अंदर सामान को लुढ़काते,
अफरा-तफरी में एक दूसरे को,
धक्का मारते, कुश्ती जैसे दाव लड़ाते।
हृष्ट-प्रुष्ट कुली भी अब सैनिकों की भांति,
गाड़ी में जैसे चढ़ाई करते,
इधर-उधर तेज़ी से भागते,
अपने बल को प्रयोग में लाते।
लोगों का सामान उठाते,
लोगों को पीछे पछाड़कर,
अव्वल नंबर पर जा डिब्बे में खड़े हो जाते।

बोझ में दबी अब,
रेलगाड़ी बेचारी सांस लेती,
छुक-छुक करती, गेयर बदलती।
रात के घोर अंधेरे और कोहरे में,
लदी हुई इन्सानों से,
रेलगाड़ी घबराकर, थोड़ी सी पटरी पर सरकी,
गड़-गड़ करती इंजन ने अब, ठंड के मारे, धूँआ छोड़ा,
एक साँस में फिर से एक और सीटी मारी,
अंतिम समय में लखनऊ को,
धीरे-धीरे, ठुमक-ठुमक कर,
लखनवी अंदाज में बिदाई देकर,
गार्ड ने आखिर हरी झंडी लहराई।

छुक-छुक करती, ट्रेन चली अब,
कुछ लोगों ने भागती गाड़ी में,
लपककर ओलंपिक जैसी,
लंबी सी एक छलांग लगाई।
ढग-ढग करती गाड़ी में,
मिल्क-शेक की भांति,
हिलते-डुलते नज़र आये सब।
गार्ड ने अकस्मात गेयर जो बदला,
गाड़ी रात के अंधेरे में कोहरे से घबराई।

इधर-उधर सबने चादर और कंबल जो ओढ़ा,
मैंने भी एक पलक झपकी।
खर्राटों की आवाज़ ने आतंक फैलाया,
खर्राटेदारों ने किसी को ना बक्शा,
पूरी रात सबको जगाया,
गाड़ी का बदला नक्शा।

गाड़ी जब-जब स्टेशनों पर रुकी,
एक बार फिर से भगदड़ जा मची।
"चाय-गर्म", "समोसा",
"ब्रैड-पकोड़ा", "कुल्चे-छोले",
"भेल-पूरी", "चना जोर गरम" की,
ज़ोर से आवाज सुनते ही,
जल्दी से सामान को छोड़कर,
लपककर लोगों ने शेर की भांती,
लंबी सी एक छलांग लगाई,
झट-पट, खाने पर टूट कर,
फिर से एक, 100 मीटर की दौड़ लगाई।

खाने के सब व्यंजनों की खुशबू जो आई,
बैठे हांफते, खाने को हिलाते-डुलाते,
गाड़ी के डब्बे को,
कचरेघर की तस्वीर बनाई।

बाहर का नज़ारा देखकर,
कभी तो, हमें रोना आया,
तो कभी, हंसी के फव्वारे छूटे,
रेल की पटरी पर आनंद लेते,
कुछ लोगों ने खुले वातावरण में,
शर्म-हया सब ताक पर रखकर,
अद्भुत सा एक दृश्य दर्शाया!
बीच खेत में, लहराती सरसों की सुगंधित हवा में,
जगह-जगह पर अपना ट्रेड-मार्क छोड़कर,
दुर्गंध का एक टोकरा जो फैलाया!

धुंध के होते, ठंड में ठिठुरते,
रात के कोहरे में,
गाड़ी ने धीरे से अंगड़ाई लेकर,
बीच-बीच में आराम फरमाया।
पहिये ने मज़बूती से,
पटरी को सहमे हुए पकड़ा।
हांफते इंजन ने जा खुली हवा में,
दुर्गंध भरे धूँए की एक चादर बिछाई।

दिल्ली आई जब,
देख हैरान, हुए हम सब,
गाड़ी ने हमें दगा दिया,

पूरी तरह से थका दिया।
लदी हुई वज़न से,
एकाएक दम जा तोड़ा,
देखा हमने जो, बेईमान गाड़ी ने,
रेंगते-रेंगते दिल्ली आने पर,
हमें आठ घण्टे विलंब से छोड़ा।

ज़ख्मों के निशान

ज़ख्म भर जाते हैं,
लेकिन कमबख्त,
निशान जाते नहीं,
निशान देने वालों की,
याद कभी मिटती भी तो नहीं।
ज़िंदगी में कुछ लोग ऐसे भी हैं,
जिनका सच जानने के बाद,
वे हमें कभी भाते ही नहीं।

जिन्हें सीने से लगाकर,
ताउम्र मिटाया ही नहीं,
एहसान फरामोश हैं वे लोग,
जो किये को भूला देते हैं और
किनारे तक साथ,
कभी निभाते ही नहीं।

रेत पर जो बनाए हमने कभी,
समय के साथ गुज़रते, हसीन किले,
अनजान बन कर,
एक झटके में, तोड़ देते हैं वे,
सदियों भर के कोमल से रिश्ते।

भुलाए, भूलते नहीं,
ख़याल उनके जाते नहीं,
एक ही समुद्री तूफानी लहर से,
पल भर में बिखेर देते हैं,
वे कमसिन और नाज़ुक से रिश्ते।
जो कभी जड़ों से जुड़े ही नहीं,
वे ज़िंदगी में किसी पेड़ की तरह,
टिकते भी तो नहीं।

ज़ख्म, देखकर भी,
कभी वे मरहम लगाते नहीं।
लाख समझाने पर भी,
वे समझते ही नहीं।
दुर्भाग्यवश, ज़िंदगी के मन मुटाव को भुलाकर,
वे कभी आगे बढ़ते ही नहीं।

ठहरे हुए पानी की भांति,
खड़े रहते हैं वे सभी,
गंध उनकी, ज़हन से कभी जाती ही नहीं।
वक्त गुज़र जाने के बाद भी,
वो मलाल और कड़वी यादें,
कभी जाती ही नहीं।

बचपन की यादें

वो सुनहरे दिन,
अविस्मरणीय बचपन की यादें,
रिश्तों की कद्र,
रिश्तेदारों का मेला,
वो चटाई और दरी पर सोना,
चौकड़ी मार कर,
रोटी, दाल और पुलाव का खाना।
वो छत पर बैठ कर,
अंताक्षरी और लूडो का खेलना,
कोयले की अंगीठी में,
गाजर के हलवे का,
रसोई में पकना।
वो खीर और फिरनी, का खाना,
वो मक्की की रोटी,
की महक का उठना,
वो सफेद मक्खन का ढेला,
और उसका पिघलना।
वो खुशबूदार आलू के,
परोंठों का पकना,
वो चाय की चुस्कियां,
गरम जलेबी के साथ,

गरमा-गरम समोसों का खाना।
बन्टे वाली बोतलें,
रु-अफज़ा का पानी,
नींबू की शिकंजी,
वो कांजी की गाजरें,
गन्ने का रस,
और लस्सी का पीना।
वो गुल्ली-डंडा और
आईस-पाईस का खेलना,
वो बचपन की यादें,
और बार-बार की मुलाकातें,
सच में वो थी,
दिल को छू लेने वाली यादें।

नशे में धुत्त

यूँ लगता है, ज़िंदगी के सफर में,
बहुत से हैं, ‘अपना’ कहने वाले,
पर, अभी तो ज़िन्दगी बाकी है,
कुछ साल और गुज़र जाने दो,
देखो, सही में कितने हैं,
‘अपना’ कहलाने वाले।

कुछ ना कह पाया मैं

उम्र निकल गई,
दोस्ती निभाते-निभाते,
यूँ कमबख्त,
एक झटके में ही फिसल गया,
दोस्तों का हाथ।
छटपटाते ही रह गए हम,
सोचकर सदियों का,
उनका वो साथ।

छोटी सी बात का फसाना बना दिया,
राई का पहाड़ बना कर,
रिश्तों को, पलख झपकते ही,
ठिकाने लगा दिया।

रह गए हम अकेले ही,
हाथ मलते-मलते,
उनको कुछ ना कह पाया,
इस दुनिया से चलते-चलते,

यूँ मन की गहराईयों में दफन हुई,
ना जाने कितनी बातें,

फिर भी मैं कुछ ना बयान कर पाया,
दिल के दीयों के, बुझते-बुझते।

सूरज हुआ मद्धम,
कुछ ना कह पाया मैं,
शाम को देख,
अंधेरे में ढलते-ढलते।

दिल की बात,
दिल में ही सिमट कर रह गई,
समय के निकलते-निकलते।

मीलों चला आया हूँ अब मैं,
थक कर चूर हो गया हूँ,
पर उफ ना कर पाया मैं कभी,
दोस्तों की खातिरदारी करते-करते,
ज़िन्दगी का बस्ता,
अब बन्द हो चला है,
दोस्ती निभाते-निभाते।
अलविदा कर चले हम उन्हें,
आँख बंद करते-करते।

बंद करो, ये बंद करो

बंद करो, बंद करो,
ये खून खराबा बंद करो,
जीने का हक हम सबको है,
ये हुड़दंग, अब तुम बंद करो,
सड़कों के छोटे से,
एक कोने पर ही सही,
चलने का हक हमारा भी है,
क्यों मजबूर किया हमें,
बीच सड़क में चलने को।

तुम रोज़ प्रदूषण फैलाते हो,
मौत के, सौदागर कहलाते हो।
खुली हवा में जीने का,
हक तो, हम सबको है,
यूं महंगे पटाखे जलाकर,
तुम अमीरी का प्रदर्शन करते हो।
सोचा कभी तुमने,
उन बूढ़े माँ-बाप का,
जो दमे के मरीज़ बन बैठे हैं।
कभी ऊंची ध्वनी में,
संगीत व ढोल बजाते हो,

क्या बाकियों को तुम,
बहरा बनाना चाहते हो।
हर रोज़ की तरह,
बड़े-बड़े वाहनों में बैठ,
चीखकर हॉर्न बजाते हो,
तुम हर दिल की धड़कन,
बेदर्दी से बढ़ाते हो,
सड़क पर चलते हर प्राणी को,
तुम रोज़ डराया करते हो।

जगह इस धरती पर,
चलने की हो ना हो,
तुम हर नुक्कड़ पर दुकान लगाये बैठे हो,
तुम, दादागिरी दिखाते हो।
इन्सानों को, बीच सड़क में,
चलने को, मजबूर करते हो,
कइयों को मौत के घाट उतार देते हो।

इस देश की निर्मल, पावन नदियों में,
तुम हर रोज़, कूड़ा-करकट डालते हो।
छुप-छुप कर फैक्ट्रियों से,
प्रदूषित कैमिकल डालते हो,
जहरीले पानी में कितने निर्दोषों को,
हमेशा के लिए, नींद में सुला देते हो।
सरकारी अधिकारियों की जेबें गर्म कर,
हर रोज़ एक नया इतिहास रचते हो।

जहाँ युगों से इन नदियों को,
देवी-देवताओं ने,
वरदान माना इस धरती पर,
तुम निर्मल, शीतल, पवित्र और स्वच्छ जल को,
सदियों से, मैला करते आए हो।
जल को दूषित कर के तुम,
इस धरती पर, रोज़ बीमारी फैलाते हो,
दुनिया को क्या सीख सिखाते हो।
सदियों से इस पवित्र गंगा मैया में,
कोई पान की पीक, थूक जाता है,
कोई, साबुन, मल-मूत्र से निर्मल नदियों को,
यूँ ही, दूषित कर जाता है,
कोई झूठे बर्तन धोकर,
धड़ल्ले से, अपना ढाबा चलाता है,
कोई मैले-कुचैले, कपड़ों को धो जाता है,
कोई गोलगप्पे का पानी,
इस दूषित जल से ही, भर लेता है,
और आए दिन,
निर्दोषों में बीमारी फैलाता है।
किसने तुम्हें यह अधिकार दिया,
दुनिया में, निर्दोष इन्सानों को मिटाने का?
धरती पर, सकून से जीने का,
अधिकार है हर नर को, हर नारी को,
हर जीव-जन्तु को, हर एक प्राणी को।

इस धरती का विनाश, बंद करो,
यह धरती त्राहि-त्राहि कर,
बिलख-बिलख कर रो रही है।

बंद करो अब दुष्टों,
इस पावन धरती की बर्बादी को।
दी थी ईश्वर ने, तुम्हें यह धरती,
सुशोभित, भिन्न-भिन्न रंगों में,
सोलह-श्रृंगार सी लदी हुई,
दुल्हन की भांति इस धरती का,
हनन अब तुम बंद करो,
कुछ तो अब तुम, शर्म करो।

आसमान, ये नीला दिया उस परमेश्वर ने,
हिमाचल में बिछी एक,
सफेद चादर दी उस ईश्वर ने,
हरी चादर समान, यह खेत-खलियान दिये,
उमड़ते, बल-खाते पेड़ दिये,
फूलों, फलों से लदा-लद हर डाली दी,
श्रृंगार से सुसज्जित, मनुष्य को, यह पावन धरती दी।

मत करो, विनाश इसका,
अब भी सम्भल जाओ तुच्छ प्राणी,
जिम्मेवार तुम्ही हो,
इन सब, दुष्कर्मों का,
बड़े-बड़े मिसाइल और ना जाने,
कितने ही बम और बारूदों का।
दुनिया की मासूम नन्ही जानों के,
हथियारे तुम ही कहलाओगे,
शान्ति का क्या तुम,
संदेश इस दुनिया में फैलाओगे?
अवश्य इस दुनिया से

तुम तो जाओगे ही,
संग निर्दोषों को भी,
इस पवित्र धरती से ले जाओगे।

खेतों में, पराली जलाकर,
हर शहर में, दूषित हवा फैलाते हो,
कहीं पटाखे बजाते हो,
तो कहीं, बीड़ी और सिगरटें जलाते हो,
कहीं जंगल के जंगल ही वीरान कर देते हो।

इस जीवन को,
अंधकार, में मत धकेलो,
वर्ना, धरती का विनाश दूर नहीं।
क्रूर, दुष्ट प्राणी,
तुम्हें भी यह धरती,
तूफान और आँधी के संग,
सदैव के लिए बहा ले जायेगी।

अपनों की तलाश में

यूँ तो “अपना कहने” वाले बहुत हैं,
पर कहकर “रिश्तेदार” अपना,
रिश्ते “निभाने” वालों की तलाश में,
उम्र गुज़र गयी।

दिल दिया,
उम्र भर का साथ दिया,
तूने, यह कैसा सिला दिया,
हमेशा के लिए,
हमें भुला ही दिया।

जीत

"जीत" हमें अभिमान,
तो कभी हार की ओर भी,
ले जा सकती है,
लेकिन सच्चे "रिश्तों" में हार कर भी,
"जीत" हासिल होती है।
"जीत" हमें "बिखेर" भी सकती है,
पर मन के सच्चे रिश्ते
और मज़बूत धागे,
हमारा दूसरों के प्रति
असीम प्रेम और भाव,
बिखरते रिश्तों को,
समेट भी सकते हैं।

“अपना” कौन

लगा कि ज़िंदगी में,
हर कोई अपना था,
नींद टूटी, तो देखा,
सब कुछ, एक सपना ही था।
ना कोई पराया और
ना ही कोई अपना था।
कारवाँ ज़िंदगी का,
चलता ही रहा,
वक्त एक बार ना रुका,
भागता ही रहा।
हम समझते रहे,
सब कुछ अपना ही था,
देखते ही देखते,
वक्त की घड़ियाँ,
बदलती रही,
हमें भी अब यह,
एहसास होने लगा,
कि ज़िंदगी कुछ भी तो नहीं,
एक तमाशा और एक सपना ही था।

ज़िंदगी ने बहुत कुछ सिखा दिया

कुछ किताबों से सीख ली,
कुछ इंसानों की फितरत ने सिखा दिया,

बचपन में, बच्चों को सीख दी,
तो बड़े होते ही, उन्होंने ही सिखा दिया,

हालातों के बदलते ही,
सब कुछ बदल गया,
कुछ देर, समय ने साथ दिया,
कुछ समय ही, हमें सिखा गया।
कुछ रिश्तों ने, सिखा दिया,
कुछ रिश्तेदारों, ने सिखा दिया,

कुछ मंद हवा के झोंकों ने हमें मीठी नींद सुला दिया,
तो कुछ हवाओं के थपेड़ों ने,
गहरी नींद से जगा दिया,

कुछ लोगों ने हसीन सपने दिखा कर,
हम को लुभा दिया,
नींद जब टूटी,
देखा कि लोगों ने,

हमारी ज़िंदगी को ही,
उधेड़ कर रख दिया।

वक्त आने पर,
कुछ अपने बन कर,
साथ निभाते रहे,
कुछ लोगों ने तो, वक्त बदलते ही,
एक, दूसरी दुनिया का,
नज़ारा ही दिखा दिया।

कुछ सुखों ने,
ज़िंदगी का साथ दिया,
तो कुछ दुखों ने,
जिंदगी का इम्तिहान ही ले लिया।

कुछ आग ने सीख दी,
ठंड से बचा लिया,
कुछ लोगों ने आग से,
घर को ही जला दिया,
कुछ लोगों ने तो,
ज़िंदगी का जलता हुआ,
दीया ही बुझा दिया।

कुछ लोगों ने दिल की सुनी,
अपना बनाकर पलकों में बिठा लिया,
कुछ लोगों ने तो,
ऐसा दिल तोड़ा कि,
दिल से बाहर निकल कर,

खंजर ही घोंप दिया।
कुछ खून के रिश्ते निभा गए,
कुछ लोगों ने तो,
अरमानों का खून कर दिया।

कुदरत का कहर

तूने तो आसमान को,
अपना गम सुना दिया,
और चुपचाप बैठ गया।
आसमान ने भी,
तेरा गम सुनने के बाद,
इंसानों पर कहर ढा दिया,
पर तू फिर भी चुपचाप,
तबाही का मंज़र,
देखता ही रह गया!

शुभ हिंदी दिवस

हिंदुस्तान की, सही पहचान है हिंदी,
हिंद की जान है हिन्दी ,
देश की मज़बूती है हिन्दी,
देश के महापुरुष हैं हिन्दी,
देश के सैनिक, हैं हिन्दी
देश के कवि, हैं हिन्दी,
ऋषि मुनियों की पहचान भी, है हिंदी,
देश के गुरु भी, हैं हिन्दी,
हिंद की जुबान भी, है हिन्दी,
हिन्दुस्तान की आत्मा भी, है हिन्दी,
हिंद पर मरने वाला, हर इनसान है हिंदी।

आन हमारी, है हिंदी,
शान हमारी, है हिंदी,
दिल हमारा भी है, हिंदी,
कुर्बान हुए हम, हिंदी पर,
पहला फर्ज़ भी हमारा, है हिन्दी,
माँ हमारी, है हिन्दी,
मातृभूमि हमारी, हिन्दी है,
रूह हमारी है हिन्दी,
सही पहचान हमारी, है हिंदी,

दिल और दिमाग से,
सब कहें हम हैं हिन्दी।

हिन्दी में, छुपी भावनाएं हमारी,
कामनाएँ, हमारी हिन्दी में,
संवेदनाएं हमारी हिन्दी में,
सरलता हमारी, है हिन्दी में,
मीठी ज़ुबान भी, है हिन्दी।

आज लहू-लुहान, है हिंदी,
ज़रूरत आज की, है हिन्दी,
यदि हिन्द और संस्कृती को हमें बचाना है,
तो पहले मात्रभाषा 'हिन्दी' को हमें बचाना है,
सबको ही हिन्दी, सिखाना है।

चलने का नाम गाड़ी

बूढ़े हुए तो क्या हुआ,
दोस्तों, यह तो बस ज़िन्दगी का केवल एक और नया मोड़ है,
ज़िन्दगी रूकती नहीं कभी,
बस सालों-साल गुज़रती, उमड़ती, ठुमकती,
गोते खाती, बल खाती, पलटती, घिसटती और बदलती रहती है,
हर बार वह हमें दूरबीन से परखती रहती है।

जीवन को जीने का आज भी,
वही सोच और जज़्बा होना अनिवार्य है,
जो कभी बचपन और जवानी में रहा हो,
मुस्कराते रहो दोस्तों,
दिल अब भी,
उतना ही जवान है,
हम सब पर उतना ही मेहरबान है।
यह तो बस, मन को वश में रखने का
और खुद को बदलने का सुविचार है।
मौसम बदलते हैं, साल गुज़रते हैं,
कभी हालात बिगड़ते हैं,
तो कभी सही समय आने पर, सुधरते भी तो हैं।
यूँ ही अपनी ज़िन्दगी में दोस्त भी समय-समय पर बदलते हैं,
कुछ साथ देते हैं,

कुछ गहरी चोट दे जाते हैं,
तो कुछ सच्चे दोस्त,
हमारी तन्हाई में अपनी परछाई बनकर,
उम्रभर, एक सच्ची अर्धांगिनी बनकर भी,
अपना साथ निभाते हैं।

साल गुज़रते हैं,
समय हाथों से फिसलता है,
पर समय की सुई, टिक-टिक करती हुई,
अपनी धूरी पर घूमती रहती है,
बाकी की बची हुई ज़िन्दगी में भी,
अपना मनोबल बनाए रखने का
दृढ़ संकल्प होना आवश्यक है।

बालों की कालक, समय के साथ,
सफेदी में बदल गई तो क्या हुआ दोस्तों।
हाथों-पैरों में थोड़ा बहुत दर्द हो भी रहा हो, तो क्या हुआ।
चश्में से, आँखों में धुंधलापन थोड़ा समय के साथ,
नज़र आ भी रहा हो, तो क्या हुआ।
बदन से, थोड़ी सी चर्बी कमती या बड़ती हो भी गई,
तो क्या हुआ।
सालों बाद, थोड़ी सी बदन पर,
ईश्वर ने झुर्रियों की लकीरें खींच भी दी, तो क्या हुआ,
डिब्बी में कुछ और दवाइयां,
जमा हो भी गई, तो क्या हुआ।
थोड़ा सा कभी-कभी,
दर्द से लंगड़ा कर चलना भी पड़ जाए तो क्या हुआ दोस्तों।

उम्र का आखिरी पड़ाव आ गया है मित्रों,
उम्र के हर मोड़ को पहले भी,
खुशी से स्वीकार किया है हमने,
थोड़ा सा अपने दुखों से बाहर आकर तो देखो दोस्तों,
ज़िन्दगी आज भी बेमिसाल है,
होंठों पर एक प्यार भरी मुस्कान लाओ और सोचो तो,
दिल आज भी धड़कता है अपने हमसफर,
हमदर्द और चाहने वालों के लिए।
दिल आज भी उतना ही तरसता है,
एक दूसरे को मिलने के लिए।

बचपन, जवानी और बुढ़ापा,
ये तो ज़िन्दगी के सुख-दुःख के वो पन्ने हैं दोस्तों,
जो समय की हवा से,
धीरे-धीरे पलटते जाते हैं,
समय का कुछ पता ही नहीं चलता,
यूँ ही सालों-साल बीतते जाते हैं।
ज़िंदगी मिलती कहाँ है बारंबार दोस्तों,
सोच पर, यदि हो अपना नियंत्रण,
तो हर उम्र को होगा,
हमारा खुला निमंत्रण।
यही उचित समय और स्थान है,
जी लो इसे हंसकर, एक ही बार,
वर्ना जीते हुए भी,
मरते हैं, कई लोग बारंबार।

कोई राजा, ना कोई रंक होता है,
ना ही उम्र का कोई अंक होता है।
ज़िन्दगी को सिर्फ और सिर्फ,
साँसों की तरह ही, जीने का सलीका होता है।

वरिष्ठ नागरिक के हाथों में,
अपनी श्रीमती के लिए,
अगर महकता हुआ,
एक फूल भी हो तो,
यकीनन लगता है,
कि 'लखनवी' अंदाज़ में,
दो सच्चे प्रेमियों का जज़्बा,
बुढ़ापे में भी ज़िंदा है।

बचपन गया, जवानी गई,
मरने की बात हमने,
कभी ज़ुबान पर ना लाई,
फिर, बुढ़ापे में ही,
मरने की बात, क्यूँ याद आई।
बिछड़ने का ग़म हम, क्यूँ याद करें,
जिये हैं, ज़िंदगी भर, हम साथ इतना,
इस बुढ़ापे को, फिर क्यूँ हम,
यूं ही बरबाद करें।

दुआ खुदा से है, परवरदिगार,
इसे कबूल करें,
कि हम हमेशा मुस्कुराते रहें।
इस ज़िन्दगी के रिश्ते, ताउम्र निभाते रहें,
यूँ ही एक ही पल में, ना बर्बाद करें।
दुनियां से जाने का, कभी कोई ज़िक्र ना करें,
बस जीवन को, साथ जीने की ही,
हर वक्त, बात करें।

आँका तो क्या आँका

शोहरत से आंकते हैं,
दौलत से आंकते हैं,
कोई कपड़ों से,
कोई कपड़ो पर लगे, इत्र से,
कोई मोबाईल से,
तो कोई जूतों, से आंकते हैं,
कुछ तो लोग ऐसे भी हैं,
जो घर में खड़ी, बड़ी गाड़ी और
कोई तो महंगी और ऊँची,
इमारत से आंकते हैं।
दुनिया में लोग कुछ ऐसे भी हैं,
जो घर-घर घर में झांकते हैं।
कमी बस उनमें इतनी है,
कि आंकते-आंकते अपनी,
औकात भी भूल जाते हैं।

कुत्ते की कहानी, अपनी ज़ुबानी

कहने को तो में आज़ाद हूँ,
पर ज़िंदगी में करीब से झांको मेरी,
तो मैं पूरी तरह से बर्बाद और एक रोटी के लिए मोहताज हूँ,
मैं गरीब कुत्ता, सड़कों पर क्यूं, जबकि अमीर का कुत्ता,
महलों में, सुख और चैन की नींद सो रहा है।

कुत्तों वाली ज़िंदगी जी रहा हूँ!
सर्दी हो या गर्मी, बारिश हो या तूफान,
सड़क पर सोता हूँ मैं,
तो कभी इस भीड़ से बचने के लिए,
कार पर चढ़कर ही, दो पलक झपका लेता हूँ मैं,
इस इंसानी, भीड़-भाड़ वाली ज़िंदगी से जूझ रहा हूँ।
गाड़ी में, अनदेखा ही करके मुझे, लोग निकल जाते हैं,
कभी रोटी के दो निवाले गली में फेंक,
दो पल में राजा बन जाते है,
तो कोई ईश्वर के डर से,
पूर्वजों के श्राद्ध पर,
अपने ही भले के लिए,
मुझ नाचीज़ पर तरस खाकर,
अहसान जमा देते हैं,
एक प्लेट में दूध और दो रोटी, फेंक,

जाने फिर अगले ही पल पतली गली से,
कहाँ निकल जाते हैं,
दुम हिलाकर, उन इन्सानों को फिर भी मैं,
फरिश्ता ही समझता हूँ।
पूंछ हिलाकर उनका कोटि-कोटि धन्यवाद करता हूँ,

कोई गले में पट्टा ड़ालकर बच्चे,
दो पल के लिए मुझे, अपना बना लेते है,
गली के मासूम बच्चे तो, 'टॉमी' कह कर,
मेरा नामकरण ही कर देते हैं।
कोई हाथ फेरकर स्नेह से पुचकारते हुए,
प्यार का इज़हार कर लेता है,
कोई सर्दियों में बोरी का फटा टुकड़ा ही बिछाकर,
मानो दुनियाभर की खुशियाँ मेरे कदमों में बिछा देता है,
कोई सर्दियों में, नर्म सा कपड़ा,
मेरे बदन पर, डोरी के साथ,
बांध देता है।

उस प्यार से बंधे हुए सर्दी के कपड़े को,
गर्मी मैं उतारूंगा तो कैसे, असमंजस में पड़ जाता हूँ।
खुजली का मारा,करुं मैं कैसे बयान,
अपना दिल का ये हाल।
खुजली जब-जब होती है,
घास पर, उलट-पलट करता हूँ, खुजली कैसे दूर करूं,
असमंजस में पड़ जाता हूँ।

रास्ते में चलते, कोई पत्थर मार कर, अपना आतंक फैलाता है,
तो कोई डंडों से ही मार मुझे भगा देता है,

ये आतंकी, मन की ठंडक पाकर,
एक अलग ही मज़ा उठाते हैं,
देख, मुझे लहू-लुहान,
बच्चों की खुशी का ठिकाना ही नहीं रहता है।
दिल रोता है, सिसकियां तब भर लेता हूँ,
ज़ुबान बयान सब करती है,
फिर भी कोई हँसकर मुझ पर,
मेरी खिल्ली उड़ाते हैं,
कोई दुल्लत्ती मार कर,
अपनी मन की शान्ति प्राप्त करता है,
कमाल की है, यह इन्सानों की दुनियाँ,
और ये दुनियाँ के लोग,
इतना भी उन्हें समझ नहीं आता,
कि जब-जब मुझे चोट लगती है,
तो सीने में दर्द होता है,
दिल रोता है, माँ बहुत याद आती है,
कभी वह दूध पिलाती थी मुझे,
कभी पूरे शहर में, भटक कर,
दर-दर की ठोकरें खाकर भी मेरे लिये,
दो वक्त की रोटी जुटाती थी,
अब तो ना माँ रही, ना उसका दुलार,
आखिर अब कौन देगा मुझे,
इस बेरहम दुनियां में,
माँ का असीमित प्यार,

अनाथों की ज़िंदगी बिता रहा हूँ,
चंद इंसानों के हाथों में,
इस बेरहम दुनियां में,

अब तो, दो टुकड़ों के लिए बिक गया हूँ।
ना किसी को मालूम है मेरी ये दुर्दशा,
भोंकता हूँ मैं, बार-बार,
अपनी बात समझाने को,
पर अफसोस, समझते हैं पड़ोसी मेरे,
कि उनका, दिन-रात दिमाग चाट जाता हूँ मैं।
अंजान हैं ये सब, कोई मेरी भाषा भी तो, नहीं जानते हैं,
ना वे मुझे, समझ पाए कभी,
ना मैं उन्हें, समझा पाता हूँ,
बस आँखों में आँसू लिए,
मैं दिन-रात, एक कोने में रोता रहता हूँ।

कूड़े की ढेरियों में भी,
मैं खाने का, खज़ाना ढूंढता हूँ,
किसी की थाली की छोड़ी हुई झूठ को भी,
पार्टी का स्वादिष्ट व्यंजन और 'डीलक्स थाली' समझता हूँ।
कोन जाने, उस 'रेस्टोरेंट' में,
इस भूखे पेट का सवाल,
यह तो मैं ही जनता हूँ।
पेट को भरने के लिए,
मैं दर-दर भटकता हूँ,
इधर-उधर, गली-गली खाने की खोज में,
झूठे पत्तल ही सूंघता रहता हूं।
सड़क पर सफाई के अभियान के नाम पर,
कूड़ेदान भी आजकल ढके रहते हैं,
मैं भी परेशान सा रहता हूँ,
अक्सर मैं खाली पेट ही, सो जाया करता हूँ,

गली के बाकी खूंखार कुत्ते, आतंक फैला कर,
शेर बने फिरते हैं,
दांत दिखा, लड़-झगड़ कर, बाकी कुत्तों को डरा कर,
दूसरों की रोटी भी छीन कर भाग जाते हैं,
मैं तो बहुत निर्बल, निहत्था और निहायत छोटा सा,
माँ का दुलारा और लाडला हूँ।
माँ के मरने के बाद,
दुर्बल और लाचार समझ कर,
हर कोई बड़ा कुत्ता और कुत्तिया, देखकर भी,
मुझे अनदेखा कर देता है।

देखकर मैं हैरत, विस्मय और दुविधा में,
अक्सर पड़ जाया करता हूँ,
कि एक तरफ तो, मुझ जैसे निर्बल,
निर्धन और लाचार कुत्ते हैं,
और दूसरी ओर, वे भी कुत्ते हैं,
जिनकी किस्मत खुल जाती है,
अच्छी नस्ल के, होने के कारण, सब इंसानों के,
आँखों का तारे और लाड़ले बन जाते हैं,

कुछ कुत्ते तो, देशभक्ती के लिए,
देश की रखवाली में तन मन से जुट जाया करते हैं,
अपना ध्यान न रखते हुए,
अपनी जान भी न्यौछावर कर देते हैं,
देश की खातिर, नशेड़ी और आतंकियों को जेल की हवा खिलाते हैं,
कुछ तो, घरों में ही, संदिग्ध मनुष्यों पर कड़ी नज़र बनाए रखते हैं,
कुछ नेत्रहीनों की, उम्रभर की लाठी बन जाते हैं।

घर के बच्चों की तरह,
इन्सान कुछ ऐसे कुत्तों को भी पालते हैं,
गोदी में बैठाकर कर उन्हें,
अपना बच्चा समझ, सीने से लगाकर, अक्सर चूमा करते हैं।
बच्चे तो पढ़ाई के चलते, बाहर चले जाते हैं,
वे कुत्ते ही, आँखों का तारा बन, धीरे-धीरे,
घर के मालिक बन जाते हैं,

वे कुत्ते, "कॉलर" और "पट्टे" में,
ज़रूर बँध जाते हैं,
पर इन्सानों को सड़क में पीछे छोड़कर, आगे-आगे रहते हैं,
बॉडीगार्ड बनाकर इन्सानों को, खींचकर उन्हें अपनी ओर,
उन्हें, उनकी सही पहचान दिखलाते हैं,
मनमानी कर, घर से बाहर ही ऐश करते हैं।

अमीरों का पालतू कुत्ता,
इन्सानों पर भौंक-भौंक कर,
अपना आतंक फैलाता है और
ठाठ से घर में रहता है,
जब चाहे, शौच के लिए बाहर भी घूम आता है,
कभी तो लोगों के डर के मारे,
घर का मालिक, बाहर के लोगों की दो बातें भी सुन आता है।
कभी मालिक खुद मजबूर होकर,
सभ्यता का नाटक दिखाने के लिए भी, जमादार बनकर,
अपने पालतू कुत्ते की, पेश की गई रसीद को भी,
थैली में लपेट कर खुद ही,
कूड़ेदान में फेंक आता है।
अमीर का कुत्ता सब लोगों को सबक सिखाते हुए,

अपना "ट्रेडमार्क" कई जगह, छोड़ जाता है,
बाकी का काम, बचे-खुचे इंसान,
पार्क में जगह-जगह,
उसके प्यार का पैगाम, कदमों से,
पगडंडी पर दूर-दूर तक फैला देते हैं!

'स्पेशल ब्रीड' का कुत्ता कहलाकर,
मौज लूटता, लुत्फ उठाता,
गली के अनजान लोगों और हम जैसे गरीब कुत्तों पर,
बिन बात भौंकता रहता है।
स्कूटर और कारों में बैठकर,
इधर-उधर फक्र से सिर हिलाता,
गरीबों का, मज़ाक उड़ाता,
मालकिन की गोदी में बैठकर,
अपनी जुल्फों को, लहराते हुए,
अपनी सुंदरता का प्रदर्शन करता,
उसके कीमती इत्र का आनन्द उठाकर,
मालिक की ईर्षा भरी नजरों से दूर रहकर,
मालकिन की कोमल बाहों में,
घंटों-घंटों पुचकारते हाथों में लिपटा रहता।

'सैलून', 'पेट क्लिनिक' और 'ब्यूटी क्लिनिक'
में सज-धजकर वह अक्सर मालिक या नौकर के संग जाकर,
इंसानों की जेब हल्की करवाता है,
मालिक मजबूर होकर, अपना कीमती वक्त निकालकर,
उसके साथ घंटों-घंटों बिताता है।
कभी-कभी तो फ्लाइट में भी बैठ,
सात समंदर पार, महंगी टिकटों पर घूम आता है।

अमीर का खुशनसीब कुत्ता ही,
अंत में घर का मालिक बना जाता।
क्या नसीब है, उन कुत्तों का,
जो मखमल के कम्बल में सर्दियों में,
मालिक और मालकिन के बीच,
एक दीवार बनकर सो जाते हैं।
आपस में उनके लड़ने पर, खूब फायदा उठाता है,
कुत्ते को ही अपना जिगर का टुकड़ा समझ,
मालिक सैर सपाटे पर अकेले ही, उन्हें बाहर ले जाता हैं।

दूर देख, मैं उन कुत्तों को,
हर रोज़ अपनी किस्मत को कोसता हूँ,
उस ज़िंदगी को देख कई बार,
मैं भी अक्सर तरसता हूँ,
काश, मैं भी उस नस्ल का कुत्ता होता,
जिन्हें हजारों रुपये देकर, मालिक,
शान के साथ पड़ोसी को,
अपना परिचय देते समय,
कुत्ते के नाम और नसल के साथ ही जोड़ देता है।
आपस की दोस्ती उनकी,
उन कुत्तों की नसल व पहचान,
की मोहताज है,
वर्ना कौन जाने उन लोगों को,
कुत्तों से ही तो, उनकी सही पहचान है
पड़ोसी 'कुत्ते' को, पड़ोसी से ज़्यादा जान जाता है,
वर्ना तो पड़ोसी, अपने पड़ोसी के लिए,
अजनबी ही बनकर रह जाता है।

बगीचों में कुत्तों की,
कान्फ्रेंस अक्सर होती है,
मालिक के ज़ोर लगाने पर भी,
उनकी 'कान्फ्रेंस' खत्म नहीं होती है।
आखीर में, कुत्ते की ही जीत होती है।

'ह्यूमन राइट्स' वाले गहरी नींद सो रहे हैं,
सड़को पर इंसान हमें,
अपनी मंहगी गाड़ियों में,
तेज गति से, पहियों तले रोंद रहे हैं।

कीमत तो, उन कुत्तों की है,
जिन्हें 'पेट्स' कहकर पुकारते हैं,
जो गाड़ियों से बाहर झांक-झांक कर,
खुले बालों की जुल्फों को बिखेर कर,
अपने ही जाती के कुत्तों को, गली में,
यूँ मरते हुए, देखते ही रह जाते हैं।

हमें तो रोटी का एक निवाला भी,
किस्मत से मिल जाए तो,
हम अपने आप को खुशनसीब समझते हैं,
अमीरों के पालतू कुत्ते तो मेहंगी खुराक पर,
पूरी ज़िंदगी पलते जाते हैं।

गर्मी और सर्दी में हम जैसे कुत्ते तो,
बिन मौत ही मर जाते हैं।
न घर है न ठिकाना, न है हमारा कोई आशियाना,
न किसी ने सोचा, हमारे लिए एक व्यवस्थित ठिकाना।

घर और परिवार के लिए,
हम हमेशा से तरसते रहते हैं,
खुला आसमान और आज़ादी,
हम सबको भी भाती हैं।
काश होता कोई, खेत और खलियान,
जिसमें सबकी देख-रेख में,
मैं अपनों के संग, खेल सकूं,
सब के संग, खुली हवा में,
मीलों-मील मैं भाग सकूं,
मैं भी अपनों के संग, खुली हवा में,
अंतिम सांसे ले सकूं।

कुत्ता हूँ मैं गली का तो क्या हुआ
आखिर मैं भी तो एक कुत्ता ही हूँ,
अपनी माँ के लिए, मैं भी माँ का लाडला बच्चा हूँ।

मेरी खामोशी

दूर कहीं, दिल को छूती हुई,
सुनाई पड़ती, छन-छन सी,
घुंघरूओं की झंकार,
चूड़ियों की खनकार,
कहीं शहनाई की गूंज,
कहीं ढोल की ताल,
कहीं सुनाई पड़ती,
एक सुरीली सी,
जादुई आवाज़।

दूर से नज़र आती,
घूंघट में, शर्माती हुई दुल्हन,
उसकी वो शोखियां और वो अदाएं,
पल्लू को मुँह में लेकर,
उसका वो अन्दाज़,
ना जाने, किस-किस को,
घायल कर गई।

मैं सपनों की दुनियाँ से, निकल कर,
हकीकत में न जाने कब तक,
खुद से लड़ता रहा।

धीरे-धीरे, चढ़ाई चढ़ता रहा,
फांसला घटता रहा और
मंज़िल सामने ही थी।
मन में प्यार बढ़ता रहा,
बस दो गज़ की ही, दूरी थी,
मैं सिमटता गया,
समय घटता गया।

मंज़िल तो सामने ही थी,
पर में यूँ ही, सारी ज़िंदगी,
सोचता ही रहा।
कुछ कह ना सका,
दिल में जो था,
लब तक कभी, ला ना सका,
बस मुस्कुरा कर, आंखों से ही,
सब बयान करता रहा।

हम जिसे इत्तफाक और एक सपना समझते रहे,
वे हकीकत बनती, नज़र आ रही थी मुझे।
कल तक जो थे, रात के अंधेरे,
सुबह की किरणें, उजालों में परिवर्तित होने लगी,
हम जिसे, कल तक एक सपना समझते रहे,
वह धीरे-धीरे, हकीकत बनती चली गई,
कल तक, जो मन की तस्वीर,
धुंधली सी थी,
शीशे को जैसे ही पौंछा,
वह हीरे-सी चमकने लगी।
ख्वाबों की मल्लिका,

अब साफ दिखने लगी,
मंज़िल तो, सामने ही थी,
जिसे हम, कोसों दूर समझते रहे।

जिसे हम कभी,
पानी की सतह समझते रहे,
वो मन की गहराइयों में उतरने लगी।

मंज़िल दूर थी कभी,
पर ज़हन में उतर ही गई।
फ़ासले दूर थे कभी,
मगर, धीरे-धीरे घटते ही चले गये,
दिल की आवाज़ ने,
जैसे ही दस्तक दी,
मन की नौका, हिचकोले खाती हुई,
किनारे तक पहुँच ही गई,
आखिर तलाशते साहिल को,
मंज़िल मिल ही गई।
मंज़िल दूर ना थी,
बस हम ही थे,
जो उसे समझ ना पाए।

सरकारी डिस्पेंसरी के नज़ारे

आये दिन 'सीजीएचएस'(सरकारी)
डिस्पेंसरी में डॉक्टरों के हम चक्कर लगाते,
कटघरे में मुज़रिम की तरह हम दरवाज़े के पास ही,
खड़े कर दिए जाते।
करोना के चक्कर में वे,
पूरा-पूरा फ़ायदा उठाते,
खुद बहुतों का इलाज करने से कतराते,
दूर से ही खड़ा कर, सबको पूछते रहते।
भले ही, किसी के पाँव में हो छाला,
उनका तरीका है सबसे निराला,
वहीं से वे, सबसे बात करते,
ना मुआयना करते,
ना ही कोई जाँच पड़ताल करते,
दूर से ही, देखते ही, हाथ में कलम लिए,
दवाई और रेफरेंस लैटर लिखने को तैयार और बेचैन वे रहते।

डॉक्टरों का गुस्सा हर दम,
नाक पर चड़ा रहता,
ऐसा प्रतीत होता,
आँखों से अंगारे बरसाते,
और जैसे मरीज़ों पर डंडा,
बजाते-बजाते, रह जाते,

'ऑनलाइन बुकिंग', से भी "अपॉइंटमेंट', मुश्किल से मिलती,
ज़्यादातर डॉक्टर,
छुट्टी पर भागने का पूरा मौका ढूँढ़ते,
क्योंकि कुछ दिनों, 'कैलेंडर' में छुट्टी रहती,
और कुछ दिन, त्यौहारों में 'डिस्पेंसरी' बन्द रहती।

समय, समय पर, खेल खेलते,
बारी-बारी डॉक्टर छुट्टी पर ही रहते,
ऐसा प्रतीत होता जैसे, अधिकतर डॉक्टर,
पिकनिक मनाकर आते।
छुट्टी का पूरा मज़ा उठाते।

आए दिन, मरीज़ों की,
डॉक्टरों से झड़प हो जाती,
कुछ मरीज़ उनकी सुनते,
कुछ उनको, खरी-खोटी सुना देते,
प्रिन्सिपल की तरह,
डॉक्टर उनको सज़ा दे डालते,
क्लास, यानी कमरे से, बाहर ही खड़ा कर देते।

ना पास बुला कर, बीमारी को जांचते,
ना खून की रिपोर्टों को, ध्यान से देखते,
बस अपनी उपस्थिति की, खानापूर्ति करते।
कभी-कभी तो, दवाई ही गलत लिख डालते।

बड़े, छोटे का लिहाज़ नहीं है,
बुढ़े, महिलाओं और बच्चों की कोई शर्म नहीं है,
आवेश में आकर, मरीज़ों की पूरी बात भी नहीं सुनते,

जल्दी से उन्हें रफा-दफा करते,
कभी वो टोकते, कभी
बदतमीज़ी पे उतर आते,
डॉक्टरों की गुंडागर्दी और दादागिरी,
मरीज़ों की, सहन करने की मजबूरी जो होती।

अपने काम से जी चुराते,
बदमाशों की तरह हमें घूरते,
हँस कर हम, फिर भी,
सहन कर जाते,
क्योंकि बहसबाज़ी में,
हम ही हारते,
कभी-कभी हमें, सज़ा के तौर पर,
दूसरे डॉक्टर के पास दौबारा लंबी पंक्तियों में जो भेज देते।
अफसरों की भी, हम सबने कभी डांट बहुत सुनी थी,
आज डाक्टर की डांट,
अब छोटी पड़ जाती।

लाइनों में हम घंटों खड़े रहते,
नम्बर आने पर अन्दर जाते,
बीच-बीच में लोगों की,
चिक-चिक बाज़ी भी सुनते,
हमारा नम्बर आने से, पहले ही,
'सीनियर सिटीज़न' कहने वालों की, कतार लग जाती,
उनकी मांग को भी,
स्वीकार हम कर लेते,
फिर बच्चों और बूढ़ों का वास्ता देकर, महिलायें भी आगे बड़ जाती,
जब-जब वो सब,

आगे बढ़ने की कोशिश करते,
धक्का-मुक्की में,
एक दूसरे से भिड़ जाते,

कभी-कभी तो, किसी का भी
बस नहीं चलता,
बिना किसी डर के, वे सीधा अंदर,
डाक्टर के पास चले जाते।
शोर मचते ही, डॉक्टर वहां से भागने की, धमकी दे डालते।
कभी बीमारी और बच्चों का वास्ता देकर,
पहले से लोग तैयार बैठते,
इतने में, डॉक्टर की बत्ती गुल हो जाती,
इन्टरनेट ना चलने पर उनकी तो मानो, लॉटरी ही खुल जाती,
उठ कर, चाय वे पीने चले जाते,
बाहर भीड़, इंतज़ार करती रहती।
बाद में छुट्टी का ऐलान कर,
चुपके से, पतली गली से, बच्चों की भांति,
बस्ते उठा, सब घर को चले जाते,
बचे हुए मरीज़, चिल्लाते रहते,
मगर उनकी वे, एक ना सुनते,
आस-पास के लोग बातें करते,
उनके दुःखों को, हम भी सुनते।

दवाई न मिलने पर, डॉक्टर दवाई 'इंडैंट' करते,
दिन-प्रतिदिन, डिस्पेंसरी का हम आवागमन करते।
सेवानिवृत्ति के उपरांत,
सरकारी डिस्पेंसरी में चक्कर लगा कर,
हँसते-हँसते, यूँ ही हम बाकी की ज़िंदगी बसर करते।

रिटायरमैंट के खट्टे-मीठे मज़े

रिटायरमैंट के बाद,
कोई टेंशन नहीं, कोई लफड़ा नहीं,
कोई फिक्र नहीं, कोई डर नहीं,
अफसर की कोई धमकी नहीं,
कोई डांट नहीं, कोई पहचान नहीं,
आगे की ज़िन्दगी में अब कोई, जवाबदारी ही नहीं।

मिल जाती हम सब, भाई-बहनों को,
हर महीने की पेंशन, 'डीऐ' मिला कर,
महीने का अपना लेखा-जोखा खुद ही बनाते
मौज मनाते, मज़े से हम सब खाते, पीते।

उठने का कोई, टाइम नहीं अब,
टाइम पर ऑफिस पहुँचने की,
कोई टेन्शन नहीं अब,
सोने का कोई पता नहीं अब,
गाने सुनते, वीडियो देखते,
सुबह उठ, नहा धोकर,
पूजा-पाठ में, एकजुट हो जाते,
अपने ही, रूल फॉलो करते,
अपने ही, रूल हम तोड़ डालते,

अपनी मर्ज़ी के, मालिक हैं हम,
बादशाहों की, ज़िंदगी जीते अब हम,
गुस्सा नहीं सहते, अब किसी का।

महिला और पुरुष के काम में,
फर्क़ नहीं करते हम,
रिटायर्ड होते ही, बिना चिक-चिक के,
बीबी की, हर बात दिल से मानते हम!!!

मकड़ी के जाले, साफ करने हों,
या, झाड़ू से पोछे तक,
बर्तन, सफाई हो या फिर,
सब्ज़ी काटने का हो काम,
किसी से नहीं डरते हम अब।
सब के सब हैं हमारे संगी साथी,
सब कामों में है, हमारी साझेदारी,
बहस नहीं करते, अब हम सब!

एक बॉस के नीचे हैं, अब सब हम,
"येस सर, येस सर",
से मिल गया छुटकारा,
बस "येस मैडम, येस मैडम" सारा दिन रटते रहते,
नहीं डरते घर में, किसी के बाप से अब हम,
जब तक "मैडम" की कृपा है, हम पर!
बीबी के नियंत्रण में रहते,
हर दम अच्छा बच्चा बन कर!

कभी-कभी, गर्मी जब दोनों में चड़ जाती,
तब कुश्ती का भी, आनंद से खेल खेलते,
कभी कबड्डी-कबड्डी, जम कर बोलते!
चकले-बेलन बजने की,
मधुर आवाज़ एकाएक तब आती।
गिलास और कटोरियों की आवाज़ जब बजती,
मानो संगीत जैसी, प्रतीत होती।
मोबाईल पर गानों की आवाज़,
हम तेज़ कर लेते,
ताकि पड़ोसी के, समझ ना कुछ पड़ पाए!

आये दिन 'सीजीएचएस डिस्पेंसरी',
पिकनिक मनाने, डॉक्टरों के चक्कर लगाते!
लंबी पंक्तियों में खड़े रहते दिन भर,
सब वर्ग के लोगों की,
कहानियाँ और दुखड़ा सुनते,
कई लोग तो हमेशा,
अनेकों बहाने बना कर,
सबसे आगे भागने की,
ओढ़ में रहते।

सुबह सवेरे, शाम हो, या फिर रात,
सैर पर जाना, हम कभी नहीं भूलते,
सेहत बनाते, योगा करते,
अक्सर जिम से हम,
अब दूर ही भागते, नज़र आते,
नस पर नस चढ़ जाए,

या हड्डी में दर्द के, डर के मारे,
अब हम कभी रिस्क नहीं लेते।

इधर-उधर टहलते हम अब,
गाय-बकरी की तरह खाते हम,
मज़े से बाहर, रेस्टोरेंट में जाते,
ऐश करते, मौज मनाते,
जो चाहे हो, भर पेट, खाना खा कर,
खाने की प्लेट चट कर जाते,
डकार मारकर, मोटे पेट पर, हाथ फेरते,
रात को, गर्मा-गर्म दूध पीकर,
उसमें इलायची, बादाम और काजू कूट-कूट कर,
खर्राटे मार, फिर सो जाते हम,
ना कल की फिक्र, ना परसों की टेंशन,
क्यूंकि, "आज" में ही जीते अब हम ।

कभी बच्चा बन कर,
बच्चों के साथ हम खेलते,
कभी यारों के साथ,
ताश के दो हाथ लगाते,
कभी कैरम बोर्ड,
तो कभी पतंग उड़ाने पर,
यारों की पतंग काटकर,
"आईबो काटे" चिल्लाते अक्सर।
ज़िंदगी का लुत्फ उठाते,
कभी सांप और सीढ़ी खेल कर,
कभी चाय की चुस्कियां लेकर,
भर-भर लोटे, पीते हम अब।

गर्मियों में कभी,
ठंडे दूध में रूअफज़ा मिलाकर,
कभी नमक घोलकर, नींबू पानी पीते,
कभी मीठी शिकंजी का मज़ा उठाते,
तो कभी छाछ और ठंडी लस्सी पीकर,
मज़े लूटते, ऐश हम करते।

कभी हरिद्वार जैसे तीर्थ स्थल जाकर,
गंगा मैया में डुबकी लगाते,
गर्मियों में, पहाड़ों का कभी लुत्फ उठाते,
कभी सर्दियों में, केरल जाते,
कभी थिएटर में फ़िल्में देखकर मन बहलाते,
कभी हलवाई की दुकान में जाकर,
समोसे खाकर, चटनी चाटते,
कभी कचोड़ी के साथ,
आलू की सब्जी खाते,
कभी इमरती, कभी जलेबी खाते
और फिर भी, मन ना भरे तो,
रसमलाई और कभी रसगुल्लों से ही काम चलाकर,
सब कुछ ही मिनटों में सफा-चट कर देते!

क्या ठाठ-बाट है,
रिटायरमैंट के आते ही,
कितनी हसीन है ये नई ज़िन्दगी, बिना बंदिश की,
बंद कमरे में, 'एसी' से बाहर की।
मन प्रफुल्लित हो जाता है,
इस कुदरत के आसमान जैसी,
छत के नीचे आते ही,

खेतों में पेड़ों की छाया के नीचे,
खर्राटों की आवाज़ से,
हम गहरी नींद सो जाते!

समय का कोई अभाव नहीं है,
बरसात में मन प्रसन्नचित्त हो जाता है,
देखकर पानी की बौछारों को,
खुशी के मारे ठिकाना नहीं होता,
सूंघ मिट्टी की सुगंध को,
मन गद-गद हो जाता है,
देख, पेड़ों से टप-टप गिरती,
उन मोती की बूँदों को।
कोयल की कूक सुनते ही,
मन प्रसन्नचित्त हो जाता है।
सूक्ष्म दृष्टिकोण से,
देख प्रकृति के, मनभावन दृश्य को,
मन को सुकून मिल जाता है,
मंद पवन के झोंकों के बीच में,
देख लहराती, फसलों को,
मन आनंदित हो जाता है।
सेवानिवृति के उपरान्त,
आज़ादी का अद्‌भुत और
असली अनुभव होता है।

दिल धड़कता है

दिल धड़कता है,
कोई तो बात होगी,
साल और लम्हे,
गुज़रते ही गए,
कोई तो सौगात होगी,

दिल धड़कता है,
कोई तो ज़िदगी में,
बेशक, आने वाला ही है,
वर्ना यूँ ही, नज़रें चुरा कर,
बार-बार मुझे,
कोई हसीन चेहरा,
छुप-छुप कर,
प्यार भरी नजरों से,
देख क्यूँ रहा है।

दिल धड़कता है, कोई तो बात है,
दिल के दरवाज़े को
खटखटा कर, बेशक,
कोई तो दस्तक देने वाला ही है।

अब तो वो दिन,
ज़िंदगी में आने वाला ही है,
कि बाहों में, बाहें डाल कर,
मेरे साथ भी,
कोई तो मीठी नींद,
सोने वाला ही है।

कोई तो नशा है,
जो दिल के पैमाने में,
जाम बन कर,
उतर जाने वाला तो है।

कोई तो है, जिस पर मन आया,
इस बेकरार मन को अब,
कोई तो है, समझाने वाला।

ज़िंदगी इतनी हसीन होगी,
मालूम न था,
कुछ तो बात है,
इन हवाओं में,
जो उनकी याद दिलाती है,
वर्ना छुपे चेहरे पर सजी जुल्फें,
आखिर बिखर क्यों जाती हैं।
कोई तो है जो दिल के दरवाज़े पर,
दस्तक देने वाला है।

प्रकृति का परिचय

पहाड़ों ने दिया अपना परिचय,
कभी मनुष्यों के लिए वरदान बन के,
धरती पर अपना, विशाल अस्तित्व का प्रमाण दे कर,
कहीं बादलों से भी ऊँचा,
अपना कद दिखा कर,
तो कहीं दूर-दूर तक,
एक हरी-भरी चादर बिछा कर,
कहीं दुल्हन सा, सोलह-शृंगार कर के,
कहीं प्रकृति के सौन्दर्य का आँचल ओड़ के,
तो कहीं अपना, भिन्न-भिन्न रंगों से सुसज्जित,
मुखड़ा ढक के,
कहीं घरों का निर्माण कर के,
कहीं शिल्पकार के अचूक हाथों से गड़ी हुई,
तीर्थस्थल में स्थापित, एक सुन्दर सी, सजी-धजी मूर्ति बनके,
कहीं दूर-दराज़ गुफा में,
शिवलिंग को स्थापित कर के,
कहीं ऋषि-मुनियों को,
संसारी दुनियाँ से दूर ले जाकर,
जप-तप और शान्ति प्रदान करने में सहायक बन के,
कहीं हिम से ढका हिमालय बन कर,
कहीं शिमला, नैनीताल, मंसूरी,
कसौली तो कहीं चंबा के पहाड़ बन के,

दूसरी और, पहाड़ों ने एक बार फिर अपना परिचय दिया,
एक चेतावनी देकर,
भूकंप के आने पर, पहाड़ों ने,
अपनी क्रूरता से भरा,
तांडव मचा दिया,
कहीं मनुष्य का, काल बन के,
तो कहीं मनुष्यों को कंकाल बना के।

वृक्षों ने दिया परिचय,
अपनी बाहों में,
सारी दुनियाँ को समेट कर,
कहीं फल-फूल बरसा कर,
तो कहीं मनुष्य को,
ग्रीष्म ॠतु की झुलसती आग में,
अपने प्यार भरे आँचल में,
ठंडी छांव के झोंके देकर।
कभी किसी का,
सुन्दर सा आशियाना बन कर,
तो किसी की रोज़ी-रोटी बन कर,
अपना तन, मन और धन अर्पण कर के।

वहीं वृक्षों ने दूसरी ओर,
रुष्ट होकर अपना एक और परिचय दिया,
विराट स्वरूप दिखा कर।
दिखाया तबाही का मंज़र,
पेड़ों के कटाव और मनुष्य की क्रूरता से,
वातावरण में परिवर्तन लाकर,
वनों में, आग प्रज्वलित कर के,

लाशों के ढेर लगा कर,
हवा को दूषित कर के।

हवा ने निस्वार्थ,
अपनी उपस्थिती का परिचय दिया,
सुला कर निर्धनों को,
अपनी मंद हवाओं के झोंकों से,
कभी खेतों में, सरसों को लहरा कर,
कभी समुद्र की लहरों का माध्यम बन कर,
कभी नावों को, कोसों दूर बहा कर,
कभी मस्ती भरे अंदाज़ में, प्रेमिका की ज़ुल्फों को बिखेर कर।

कभी हवा ने अपना परिचय दिया,
क्रूरता से अपना विशाल स्वरुप धारण कर के,
समुद्री, तूफानी हवा बन कर,
कभी भंवर बन कर,
कभी बवंडर बन कर,
कभी रुष्ट होकर,
आशियाना ध्वस्त कर दिया इन्सानों का।

अखिरकार प्रकृति की रचना से सीख लेकर,
मनुष्य ने भी, अपना एक सही परिचय दिया,
प्रकृति को अपना संसार बनाकर,
हर स्थान पर वृक्ष को जन्म देकर,
प्रकृति को बचाने में सहायक बनकर,
अपने फर्ज़ को निभा कर,
आपातकालीन समय में निर्धनों को, जीवन दान देकर,
भूखों का पेट भर कर,

प्यासे को, जल पिला कर,
किसी के दिल में आस जगा कर
किसी के घर का, दिया बन कर,
किसी का संसार बन कर,
किसी की आँखों के आँसू पोंछ कर,
किसी की ज़िन्दगी का अंधकार मिटा कर,
किसी अन्धे की लाठी का सहारा बन कर।
प्रकृति को अपना मित्र बना कर,
प्रकृति को अपनाकर,
प्रकृति को खुशहाल और खुशनुमा बना कर।
मानवता का सही परिचय देकर।

कोई तो कद्रदान मिला

थक गई थी ये ज़िन्दगी,
चलते-चलते, इस सफर में,
इस नाचीज़ को,
कुछ तो जगह मिली,
बैठने को,
भले ही, नुक्कड़ में सही।

सफर कितना ही,
लम्बा क्यों न हो,
कुछ कट ही गया,
ज़िन्दगी के साथ-साथ,
बाकी कट ही जाएगा,
आप जैसे,
कद्रदानों के साथ-साथ।

दूर तलक जो, गई नज़र,
हर जगह, पत्थर ही पत्थर,
दिखते रहे।

पास आये और देखा तो,
आप जैसा छुपा,

एक चमकता और
तराशा हुआ हीरा मिला,
जिसको हम सब,
ज़िन्दगी भर तरसते रहे।

उम्र भर के रिश्ते

चाहे लाखों हों,
ज़िंदगी में गंम,
चाहे दुखों से,
या मातम से भरे हों,
ज़िंदगी में कुछ पल।

ना रुकेंगे हम,
ना थमेंगे हम,
ना उम्र के,
किसी भी पड़ाव पर,
बैठेंगे हम।

ज़िंदगी रहे ना रहे,
पर जब तक रहेगी,
साँस में साँस,
जब तक, जीवित रहेंगे हम,
जब तक रहेगा,
इस तन, मन में दम।

ताउम्र, यूँ ही सब रिश्तों को,
बखूबी, निभाते रहेंगे हम,

दिल की गहराईयों में
बस जायेंगे हम,
यूँ ही, प्यार का इज़हार,
करते रहेंगे हम।

कवि कहाँ के, हम जनाब

हम तो मात्र, एक तुछ प्राणी हैं,
जो कभी, मन के विचारों को, एक सफेद पन्ने पर,
अक्सर, उतार दिया करते हैं।

जो किसी के लिए तो,
सिर्फ और सिर्फ,
कोरे कागज़ पर, शब्दों का एक उलझा हुआ सा ढेर,
बन कर रह जाता है।

तो किसी के दिल में,
तीर बनकर, सीधे चुभ जाते हैं,
कभी तो, किसी की,
ईंट से ईंट बजा देते हैं,
कभी किसी की,
ईंटों से बनी, इमारत बना देते हैं।

हम तो वो नाचीज़ इन्सान हैं, जनाब,
किसी के ज़हन में जाकर
शीतल, पानी समान,
ठंडक पहुँचाते हैं,
किसी की आँखों से अंगारे बरसातें हैं।

तो किसी की आँखों को नम कर, मोती बन, अश्रु बहाते हैं,
किसी को मीलों, दूर तलक, बहाकर ले जाते हैं,
तो किसी को, कोसों दूर से, चुम्बक की भाँति,
अपने दिल में ही, खींच लेते हैं।

किसी के मन को, खुशबूदार, फूलों का गुलदस्ता सा, लगते हैं,
तो किसी को, आँखों की किरकिरी लगते हैं,

किसी के, दिल से दिल की,
तार मिला देते हैं,
किसी के, दिल की तार, हिला देते हैं,
किसी के दिल का,
फ्यूज़ उड़ा देते हैं,
तो किसी के, पूरा का पूरा,
सर्किट बॉक्स ही उड़ा देते हैं!

कभी, किसी शख्स को,
सपनों में ले जाते हैं।
कभी, सपनों के अतीत से,
उन्हें वापिस इस दुनियाँ में ले आते हैं,
कभी, उनके हसीन सपनों को साकार भी कर डालते हैं!

कवि कहाँ के, हम जनाब।
हम तो मात्र, एक तुछ प्राणी हैं साहब, जो दिल से दिल को मिला देते हैं!

तेरी रहमत

तेरे दर पे, आने से पहले,
मैं बहुत मायूस होता हूँ,
पर तेरी दहलीज़ से, छूटते ही,
झोली भर जाती है,
और मैं कुछ और होता हूँ।

वैसे तो, जिंदगी में,
कोई, कितना ही दूर,
क्यूँ नहीं होता है,
पर जब भी मन से, उसे पुकारो,
वो दिल की, दहलीज़ पर,
और नज़र के, करीब होता है।

ईश्वर का सच्चा मित्र,
तो वही होता है,
जो दूर रह कर भी,
दिल के करीब होता है।

मेरे जिगर का टुकड़ा

कभी गोदी में, बिठाती,
कभी मीठी लोरी, सुनाती,
जब-जब तू था रोता,
तुझे दूध, मैं पिलाती।

अंगुली पकड़ कर तेरी,
चलना सिखाया, मैंने,
बचपन में, तुझे खिलाया,
कलम से, कॉपी पर,
लिखना, मैंने सिखाया।
दिल से तू कभी, जुदा ना था मेरे।

तुझे हाथों से, खाना मैं खिलाती,
तुझे, थपकी देकर सुलाती,
तुझे रात भर, सुलाने के बहाने,
खुद भूखी, ही सो जाती।

तेरे साथ, जब मैं, आँख-मिचोली खेलती,
पागल सी, मैं कहलाती,
कभी मैं, पीछे-पीछे, तेरे भागती,
कभी तुझे, बाहर जा, पुकारती,
कभी पलंग के नीचे, झाँकती।

कुछ याद नहीं है, तुझको,
चिपका रहता था तू, साथ मेरे,
इक पल भी, आँखों से,
ना दूर, तू मुझे करता,
गले लगाती थी, जिसको,
इन्सान, बनाया था तुझको,
क्या गुस्ताखी कर दी थी, मैंने,
तेरी बचपन की, परवरिश में।

टुकड़ा था तू मेरे दिल का,
क्यूँ भूल गया है मुझको,
कहाँ खो गया तू, मुझसे,
कहाँ गए वो, रिश्ते, नाते,
कहाँ गए, वो बचपन के दिन और वो मीठी यादें,
वो तोतली, तेरी बोली,
आंखें जब तूने खोली,
क्यूँ बन सका ना तू मेरा,
बन कर, रह गया तू,
बस एक, अधूरा सपना।

रातों में तेरी जागकर,
कई दशक थे गुज़ारे,
लोरी और थपकियाँ दे कर,
मैंने तुझे सुलाया,
आज फिर तू क्यूँ, बन ना, मेरा पाया।

मैं तुझे, समझ सकी ना,
ना तू मुझे, समझ पाया,

बीमारियों ने आज,
सब तरफ से, मुझे है घेरा,
ना घर था कभी मेरा,
ना था मेरा, कोई डेरा,
यह भी तू, भाँप ना पाया,
अस्पताल में आज बैठी हूँ,
बिल्कुल हूँ मैं, अकेली,
आज तूने मुझे, जी भर के है रुलाया।

विदेश जाने का,
क्या पागलपन और जुनून था तेरा,
सपने थे तेरे ऊँचे,
कभी देख सका ना, तू नीचे,
तेरी अकेली माँ, पुकारती रह गई
सिसकियाँ, वह रात भर भरती रह गई,
पल-पल, थी मैं रोती,
आज भी तुझे, मैंने,
सपनों में, अपने बुलाया,
सपनों के आँचल में,
लोरी देकर, सुलाया,
क्या-क्या देखे थे, मैंने हसीन सपनें,
जो कभी न बन सके, कोई भी अपने

काट दिया, तूने, उसी डाल को,
जिसपे, तेरा था, कभी डेरा,
अब, ना बचूंगी मैं भी,
ना बचेगा, मेरा भी कोई बसेरा।

कल तक जो थे, कभी अपने,
आज, बन गए पराये,
ना जाने कैसे, यह खून के रिश्ते,
जो दो दिन भी, ना टिक पाए

बूढ़ी माँ की, लाठी था तू,
तू ही तो था, मेरा, एकमात्र सहारा,
जो कभी, बन ना पाया, मेरा,
सपनों में कभी, ना सोचा था,
इकलौता बेटा, ना होगा मेरा,
चिता को कल मेरी, आग देने वाला,
मरने पर आँखें नम होंगी,
तू ही तो था मेरा, आखिरी और अन्तिम सहारा।

आँसू बहाने वाले,
कई लोग, होंगे सारे,
मातम मनायेंगे सारे,
एक तू ही ना होगा मेरा,
मेरी अंतिम यात्रा में,
घड़ा, उठाने वाला।

बूड़ी थी, माँ मैं तेरी,
तू फिर भी समझ ना पाया।
मेरी और कोई ना थी आशा ,
सिर्फ तुझसे मिलने की थी अभिलाषा,
अफसोस कि तू समझ ना पाया,
बूड़ी और बीमार माँ की सही परिभाषा।

www.ingramcontent.com/pod-product-compliance
Lightning Source LLC
LaVergne TN
LVHW100331181026
850499LV00039B/1034
* 9 7 8 9 3 5 8 6 9 7 0 2 5 *